一生欠安

增订本

李梦霁 著

甘肃人民出版社

图书在版编目（CIP）数据

一生欠安 / 李梦霁著. —增订本. — 兰州：甘肃
人民出版社，2022.1
ISBN 978-7-226-05797-1

I.①一… II.①李… III.①随笔—作品集—中国—
当代 IV.①I267.1

中国版本图书馆 CIP 数据核字（2022）第 010713 号

责任编辑：张 菁
装帧设计：付诗意

一生欠安（增订本）

李梦霁 著

甘肃人民出版社出版发行

（730030 兰州市读者大道 568 号）

北京中科印刷有限公司印刷

开本 880 毫米 × 1230 毫米 1/32 印张 8.5 插页 4 字数 183 千

2022 年 3 月第 1 版 2022 年 3 月第 1 次印刷

印数：1~6 000

ISBN 978-7-226-05797-1 定价：52.00 元

献给爸妈

我见众生皆草木，唯你是青山

1

少时读诗，苏东坡"大醉，作此篇"，李清照"浓睡不消残酒"，李白"会须一饮三百杯"，想来墨客与酒当有什么千丝万缕的联系。

读书时，除却极少数特殊时刻，酒是不大碰的。

近几年忽然开始喝酒，不必痛饮断片，只乐得在天旋地转的虚幻中讨一点淋漓尽兴，对不忍触及的伤痛有片刻真实的避离。

朋友说，挺享受微醺的感觉，许多事情都变得简单起来。

我理解。

酒精，或者梦境，都会让某些触感变浅，以至麻木。

与这个朋友之间，总有稍稍后退一步的得体。

算不上亲密，不谈过往，可以倾诉和求助，却有一种点到为止的疏淡。即便酒过三巡，情深落泪，也不过说声"认识你挺好的，谢谢你"。

从前交友，江湖气重，恨不能歃血为盟，两肋插刀。为一些鸡毛蒜皮分崩离析，像书里的周作人，给鲁迅递上绝交书："以后请不要再到后边院子里来，没有别的话。"

分，或者合，界限朗朗，草木皆兵。

有时我想，我是否曾经拥有过你，我们的交集是那么稀薄，像纳木错清晨的雾，像十一月北方的霜，像茨威格写《一个陌生女人的来信》——"是从我生命边上轻轻擦过的人"。

可是在"北漂"的半途，在职场和生活的高压之下，我们又曾那么真诚地体恤过彼此的狼狈。

或许是因为成长，使一切爱恨都变得单薄，深重的疼痛和浓烈的牵缠日渐遥远，我们换了一种姿态面对世间，看似风轻云淡。

纵然将来面目全非，也不至于生生割裂。

我常思考，时间到底改变了什么。

年月从身上碾过，一点一滴不经意地堆积，然后把所有内在秩序打破重组，以致天翻地覆。

一定有什么，与从前不同了。

它，就在那里，慢慢发生，谓之成长。

不凛冽，不锋利，也不痛。

大约是年纪和阅历的馈赠。

放下此生未完成和忍一时风平浪静，逃脱从前的桎梏与脆弱，也舍弃执念，信了聚散是天意，得失有定数，强求不来。

越活越佛系。

2

《一生欠安》不同。

这是一本令人难过的书，因其承载了太过浓重的爱恨情仇。

爱是飞蛾扑火，不留余地；散是一刀两断，不相往来。没有暧昧的灰色地带，也没有成人世界里的权衡苟且。

那是十几岁的笔触，如今怕是无论如何都写不出来了。

我是一个凭感受生活的人，在他人眼里，是出了名的"脾气好、性子软、情绪稳定"，但人总归复杂，我也有孤绝傲岸和尖锐凄寒的一面，全部献给了《一生欠安》，尔后撕去满身锋芒和锐刺，埋葬在二十岁的夏天。

提着过往，在人群中淹没，没心没肺地大笑，一如从未失去过、破碎过。

《一生欠安》是白月光，是意难平，是"偏要勉强"，也是我疲惫生活里的英雄梦想。

我知道，每一个喜欢它的你，看到的其实是自己。

是自己在最纯粹的青春里，那一场最刻骨的爱恨。

没有人永远年轻，但永远有人年轻。

这本小书出版四年多，一茬又一茬的十六岁少女读到它，然后带着她们的故事与我交谈，我只有感动。

如今再版，希望它陪伴每一个十六岁的你，也让早已度过十六岁的你回想起曾经的深情。

哪怕只一瞬，在心如枯井的成年人心境里，忆起怦然心动的往昔，都好。

我老了，老到越来越波澜不惊，再写不出相思入骨和肝肠寸断，但《一生欠安》有自己的生命，我完成了，交给你们，在你们手里，它一遍又一遍重生。

谢谢你们，让它永远年轻。

3

这些年喝过的无数场酒里，印象最深的名字是"Almost Lover"。

后来，我把"Almost"译成"差一点"。

差一点，我们就能拥有每一个清晨。

差一点，我们就能见到同一个未来。

差一点，我们就能不错过。

可最后，还是差了那么一点。

他们或许看到眼前的流水和远方的帆，我只看到你。

去年深秋，我在吴哥窟，念及仓央嘉措的诗：这佛光闪闪的高原，三步两步便是天堂，却仍有那么多人，因心事过重，而走不动。

小说里，那么多人在硝烟散尽的世界久别重逢。

而现实中，朱安、孟小冬、于凤至、柳如是……那些半生颠沛的女子，错过，即是一生。

我始终相信，在命运这条长河里，我们只能随波逐流。

我曾试图修正河流的走向，有时成功，有时失败，有时看不清到底是福是祸。

但我讲出的每一句话，做过的每一桩事，爱也好，恨也罢，都不后悔。

我信人生的每一步都有其意义，包括走错的棋局和撞过的南墙，也信苦尽甘来不负生来善之，最重要的是，我时至如今依然相信，人生真的可以不苟且，也不将就。

与君共勉。

谢谢你喜欢《一生欠安》，愿你此生长安。

李梦霁

辛丑年初春于牛津

我只是一个香水师

> 世界上有那么多城镇，城镇中有那么多酒吧，她却偏偏走进我这一间。
>
> ——《卡萨布兰卡》

少时迷恋宿命般的相逢。

正如城市里有那么多书店，书店里有那么多书，你却偏偏翻开这一本。

得之，我幸。

十岁开始写作，距离第一篇文章印成铅字，整整十二年。

儿时咿咿呀呀地背诗，柔柔弱弱的小姑娘，最钟爱的却是"十年磨一剑，霜刃未曾试。今日把示君，谁有不平事"。

十二年，我没有炼成一柄剑，只学会了调香。

前调的头香，是香水最先透露的信息，属第一印象。多为花香或柑橘类成分，由挥发性精油散发，直抵鼻腔，味道清新，如乐章里陡然拔起的高音般惹人注目。但它不是一瓶香水真正的味道，仅停留数秒至数分钟。

中调的基香在头香消失后，渐渐漫散，是香水的主体与精华。代表主人的味道、情绪、心境，常由含某种特殊花香、木香，以及微量辛辣刺激香调制而成。中调的调配是香水师最重要的责任。选择恰当的香精组合，与前调完美衔接，突出香水的特色，尽可能使香味持久，持续数小时或更久。

尾调的余香，常用微量动物性香精和雪松、檀香等芳香树脂调和，不仅散发香味，更能整合香味。这种末香是安静的，却极有力量。它给予香水绕梁三日而不绝的深度，可达整日、数日，甚至停留在人记录气味的蛋白质上，沁入骨髓，终生难忘。

我只是一个香水师，像调制香水一样写文章。

前调是文采，中调是故事，尾调是情怀。

上好的香水，包含数以百计的香精。

如同有生命力的文字，在可视的只言片语之外，蕴藏着另一重天地，充盈着作者的喜、怒、哀、惧、爱别离、怨憎会、求不得。

纷繁万千的香料，人们只闻到主调，却看不穿字字句句下隐含的创伤、阴霾、纠缠、救赎。

那是写作人的记忆、疼痛和了然。

《爱是一场命中注定的禅意》发表前，我发给一个很重要的人。我们曾一起走过青春的重峦叠嶂，熟悉彼此穿校服、骑单车的模样。

他说，每个字符都是一个回忆。

遇见爱，遇见性，都不难。

难的是，遇见理解。

我写于凤至，初见十五岁的张学良："他站在我家门前，当着上上下下几十口于家人的面，对我说：'你是我的女人。'眉山目水，尽是清狂。"那一霎，我想到你。

稚嫩，傲岸，十五岁，学着大人的口吻对我说："李梦霁，You are my girl。"

那年我十四岁。

喜欢一个爱诗爱酒爱姑娘的少年。

我写淑妃："她眉飞色舞，比手画脚，给我讲市价，讲她从东城走到西城，如何货比三家，与人杀价。浑身蒙了一层油腻腻的腥气，散着铜臭。"她渴求优渥又疾富如仇，憎恨自己的出身，也憎恨我们这些所谓的"剥削压迫者"……"

好友的同事就是如此，贪婪、仇富、铜臭。我知晓朋友对那个斤斤计较又利欲熏心的女同事由衷的反感与鄙夷，于是有了淑妃这一形象。

似是历史，皆是现实。

杨绛谓之，借尸还魂。

我写谢烨的母亲："烨儿常来我梦里做客，还是小时候的样子，梳羊角辫，穿红裙子。醒后我想，梦里的烨儿为什么永远是小女孩的模样，长不大。"这些年独居广州，妈妈说她常做梦，梦里的我永远是个小女孩。我想，大约天底下思女心切的母亲，总有共通的梦境。

我是一个香水师，多想你读懂我所有的香料，更想你在我的故事里，流自己的眼泪。

马塞尔说，每个读者只能读到已存于心的东西。书是一种光学仪器，为读者照见内心。

这终归是你的香水，我只是一个调制香水的人。

古埃及人相信，真正新颖的香水须外加一种特殊香料，不着痕迹地脱颖而出，令其余气味甘于臣服。它超越了前、中、后味十二种芬芳的排列组合，是第十三种配料，亦是一个传奇。

于写作而言，即灵感。

是灵光一现的天赋异禀，是无可复制的才华横溢，是画龙点睛的神来之笔，是祖师爷赏的那碗饭。

不能找，只能等。

所谓天成。

父母是媒体人，半生都在离文学很近的地方。他们启蒙我做灵感捕手，告诉我文字是捕捉和保藏灵感的方式。

我试图找寻这第十三种香料，终发觉，它不仅是上苍的恩赐，也是时间的馈赠。

年少不识愁滋味，才华总归锋利而浅薄。一心想"十年磨一剑"，作文本的格子里，都是庸俗的大道理与平天下的豪言，自以为是的深刻。

直到听贾樟柯说，要尊重世俗生活，在缓慢的时光流逝中，感受每个平淡生命的喜悦和沉重。

如今，阅历仍浅，却有了敬畏之心。

我是一个香水师，不疾不徐。

给时间一点时间，等待邂逅灵感，等待经历的沉淀。

电影《香水》讲述了一个没有体味的香水师，拥有全巴黎最灵敏的鼻子，谋杀十三个少女，保存其体香，调制成绝世无双的香水。

透明，冰凉，纯粹，绝望。

他说，我没有世人与生俱来的体味，如果我死了，用什么证明我曾存在？

如此浩大的悲剧。

那个每晚蹬山地车送我回家的少年，说过非我不娶的少年，终究牵了别人的手。机缘巧合地，我认识了那女孩，她说好幸运，自己是男友的初恋。

我霎时失语。

像一幕盛大的青春剧，突然成了我一人的独角戏。对白总是自言自语，对手都是回忆。

我怕的，不是失去一份爱，而是无法证明这份爱曾经存在。

时光，疼痛，淡忘会抹杀它，连我爱过的你，也终将忘却。

你该如何回忆我，带着笑或是很沉默。

可悲的是，或许你从不曾忆起我。

不过是我一个人的念念不忘。

鲁迅原配朱安，曾经存在，曾经爱过，可先生的文集汗牛充栋，没有一字思及她。

众人只识许广平。

而朱安，生生跌落进历史的罅隙，灰飞烟灭。

——拿什么记得你？

溥仪的皇后婉容，宋子文的初恋盛七小姐，张爱玲的继母孙用蕃，郁达夫的前妻孙荃，她们的爱恨、忍负、牺牲，都在时代的车辙下失了声，在伟人的光芒里遁了形，世人忘之如敝屣。

我只想为她们调一瓶香水。前味是零星文采，中味是彼之曲折往事，后味是感同身受的悲悯。糅着这些年庞杂的黯然、隐遁和泪水，祈祷灵感浮光掠影般降临。

遗忘太可怕，于是我写下此书。

不为立传，仅作缅怀。

是一场纪念，抑或一场祭奠。

最后，我想把心内的感恩之词记在书前，因为珍视。那些或浩如烟海，或滴滴点点的赠予，是我生之温暖与光亮。

感谢我的团队，在一个个灵感枯竭的凌晨，对我说："不着急，我们等你。"在一次次拒绝创作更喜闻乐见的人物时，对我说："没关系，随你心意。"在商业化、速食化、市场化的今天，我感念他们，仍愿尊重一个写作者的才华和自决。

感谢秦淮河畔的金陵城，我曾有幸于此结缘江苏卫视和南京审计大学。仅两月有余，却凝结了我太多的际遇和确幸。南望水连桃叶渡，北来山枕石头城。盛产故事的南京，赋予我源源不断的灵感，由是落笔秦淮八艳。

感谢我冷门的专业——社会工作。我常在想，假如当年修读文学，或许现在的我仍是十四岁时清冷、多刺、叛逆的样子。我的专业课程，关于灵修、善待、助人，成全我长成一个人格完整的人。

感谢身边的亲友，心疼我所有不足为外人道的艰难。

感谢远方的读者，你们的期待和关注，让我在写作这条荆棘路上更加坚定和铿锵。让我能够慷慨，能够爽朗，能够独立。

永志不忘，小姑娘。

——《卡萨布兰卡》

目录

朱安（1878—1947），浙江绍兴人，鲁迅原配，由鲁迅的母亲包办选定。终其一生独守空闺，侍奉婆婆，晚年孤独病逝，后葬于北京西直门外保福寺。

Zhu
An

朱
安

鲁迅妻子朱安

一生欠安

朱安，绍兴人。一九〇六年，奉母命嫁与周树人。一九一九年，随夫定居北京，寄寓周作人处。一九二三年，周氏兄弟决裂后，被迫迁居。一九二六年，周树人离京与许广平同居，朱安独守空房至一九四七年逝世。周树人原配，一生颠沛，未得善终。

我，就是朱安。

1

下花轿时，我掉了绣花鞋，是凶兆。

光绪三十二年六月初六，我的大喜之日。

五年后，我又见到他。嶙峋得清冷而倨傲。

月色凄寒。

盖头久久没掀，灯花大抵瘦了，他坐在太师椅上，翻书，不语。我瞥见墙角的一只蜗牛，一点点向上爬，很慢，仿佛时间。

五年前，父母之命，我便成了周家的媳妇，年底完婚。他出身于书香门第，祖父是京官，犯了错，锒铛入狱，家道也便中落。我家为商，我长他三岁，似是一桩好姻缘。

成亲在即，他却要留洋日本，耽搁婚期。临别，我随周家人送行。他对我说："你名朱安，家有一女，即是安。"周家无女，从那时起，我就自认是周家的人。

让他安心，让家安宁，是我毕生所愿。

我等了五年。等待有朝一日，一路笙歌，他来娶我。

可是，他迟迟不归，杳无音信。

听娘娘（绍兴话，即婆婆，下同）和亲戚说，他成了新派青年，嘱我放脚，进学堂。我四岁缠足，母亲言，好人家的女子都是三寸金莲，大脚丑陋鄙俗，不成体统。今我二十有余，又谈放脚，徒遗笑柄。自古迄今，女子无才便是德，身为女人，开枝散叶、打理家务才是分内之事，读书识字非正业。朱家传统，容不得我挑战。说到底，我不过是个小女子，旧时代的小女子。我唯一能做的，便是婚礼时往大如船的鞋里塞棉花，没承想，下轿时竟掉了，欲盖弥彰。

墙角蜗牛仍在奋力上爬，夜缓缓地淡了。我想起那年渡口，他对我说，家有一女即是安。彼时的他，举手投足都是文弱书生气，不似如今，棱角分明。我心里有点憎恨起日本来，是日本之行让他改变。我预感到世道变了，只是不知新世道容不容得下一个我。

洞房花烛夜，彼此默然的一夜。一沉默，就是一辈子。

三天后，他再度离家，去了日本。

2

宣统三年，也就是一九一一年，清廷垮台。

我的婚姻，已经走过第五个年头。

先生回国已经两年，先后在杭州、浙江两级师范学堂和绍兴中学堂当教员。他从不归家过夜，只是偶尔行色匆匆地回来，怀抱许多书，我看不懂。他和娘娘说话，说"国民革命""中华民国"，大抵是些国事，他知我不懂，便不对我说。我沉默地听，寂静地看，他时而激昂、时而悲愤的模样，我很喜欢。他是做大事的人。

我出街，街头巷尾的茶馆里谈的都是"革命"，人们也好像与从前不大一样了。像先生般不束辫的男人多起来，女人也渐渐不裹脚，天下乱了。先生似乎小有名气，路过酒肆药铺，常听闻"周树人"云尔。我是骄傲的，因我是周树人之妻。我亦是疼痛的，守着有名无实的婚姻，枯了华年。

先生是摩登人物，对这新气象，自然是喜悦的。我却是个旧人，贴着"包办婚姻"，迈着三寸金莲，被风云突变的世道裹挟着，颤巍巍地撞进新时代，往哪里走，我不知道。

晌午，我回娘家。

先生去北平了，我不识字，托小弟写封信。

先生树人：

不孝有三，

无后为大。

望纳妾。

妻 朱安

一九一四年十一月

先生未复，听说动了怒，说我不可理喻，无可救药。

正如下花轿时掉鞋，在他面前，我如履薄冰，却总是弄巧成拙。我是爱他的，甚至允许他纳妾，可他不懂。好在有娘娘疼惜我，打理周家上下多年，我不像周家媳妇，却更似周家女儿。一九一九年，先生为了事业举家北上赴京，我于是离了这江南水乡，离了娘家。

一别，竟是一世。

"未嫁从父，既嫁从夫，夫死从子"，我的人生依附于丈夫，而我丈夫是大器之才，他的命运系于国运。我的一生，便在天翻地覆的历史洪流中，颠沛流离，支离破碎。

人生尽处是荒凉。

3

北平只有老鸹憔悴地哀叫，日子里满是干枯的味道。

我们住在二弟周作人处，弟媳信子是日本人，作人留洋日本时"自由恋爱"而结合。她思想进步，又懂写字，深得先生喜爱。来到北平我才知，先生声名竟如此显赫。来访者络绎不绝，有学生，也有大人物。每遇客访，我都居于后屋，他应该不想我出面待客。先生由内而外都是革新，只有我是他的一件旧物。

今日我在后屋时，作人走进来。

"大嫂，你怎么一个人在这儿？"

我笑了笑，没有答。

"大嫂真是安静之人啊，这么些天都没听你讲过话。"作人的声音里有旧日时光的味道。

我想了想，说："作人，你教我认字吧。"

"好啊！听大哥讲，我只当你顽固不化。既然你追求进步，我断然全力助你。"

他写下八个字：质雅腴润，人淡如菊。

"形容大嫂，恰如其分。"

后来，每当先生待客，作人便来后屋教我写字，有时也与我交谈。十几年的婚姻，我心如枯井。作人的到来似是井底微澜，让形容枯槁的时光芳草萋萋。

"大哥现在教育部供职，也在北大教书。不叫周树人，叫鲁迅，是大文豪、五四新文化运动的领袖。"

"大嫂，你虽是旧式妇女，却不愚钝。你很聪慧，大哥不接受你或是先入为主的偏见，以为婚姻自主就是好。"

"事实上，你也看到，信子是我自己选择的妻子，她挥霍无度又常歇斯底里，大哥一味崇洋，未免太过激进。

"大哥是成大事之人，历史恰到岔口，所谓时势造英雄，他定会青史垂名。社会规范剧变，总有人成为牺牲品，庞然历史中，小人物的疼痛无足轻重。历史会忘了我们的。"

…………

斑驳的时光叠叠错错。在北平八道湾的四年，是我人生中唯一的阳光。无论如何冰冷漠然的人，在暗如渊壑的生命里，总有一次，靠近温暖光明。生是修行，缘是尘路的偈诰，因这来之不易的刹那芳华，我忘记清歌哀伤，忘记幽怨，得你，得全世，得一世安稳。

然而，满地阳光凉了。

作人与先生决裂。

人生如纸，不堪戳破，时光若刻，凉薄薄凉，夫复何言？

先生料我不识字，书信从不避我，于是我看到了作人递来的绝交书。

鲁迅先生：

　　我昨天才知道——但过去的事不必再说了。我不是基督徒，却幸而尚能担受得起，也不想责谁——大家都是可怜的人间[1]。我以前的蔷薇的梦原来都是虚幻，现在所见的或者才是真的人生。我想订正我的思想，重新入新的生活。以后请不要再到后边院子里来，没有别的话。愿你安心，自重。

先生被迫迁居，临行时对我说，留在作人家，或是回绍兴娘家。

我不说话。两行清泪，惊碎长街清冷。他们兄弟二人已然恩断义绝，我又以何种身份留于此处？若回到绍兴，我便成弃妇，给朱家蒙羞。世人都说先生待我好，谁知我吞下多少形销骨立般的痛苦？我一辈子，无论多难，只哭过两次。那是一次。

娘娘心疼，劝先生道："你搬了家，也要人照料，带着她吧。"

先生瞥了我一眼，清冽而凛然。那年渡口，早已物是人非。往事倒影如潮，历历涌上心头。

花自飘零水自流。

4

搬到新居，我是欢喜的。兴许这样的独处，可以拯救我。

先生肺病，终日咳得厉害，只能吃流食。我写信给娘家小弟，

---

1 原文如此。意为"大家都是可怜的人"。

嘱托他去东昌坊口的咸亨酒铺买盐煮笋和茴香豆，那是先生最爱吃的小食，寄过来，我磨碎煮进粥里。先生好一点后，我常走八十里路去稻香村，这间"南店北开"的糕点铺，自制各式南味糕点，是先生极钟情的。先生恢复得很快，待我亦不似原先淡漠，甚至将我的卧室作为书房，莫不是一种恩赐。

家里又开始宾客如云，我不再避讳。一切向好。

直到，她出现。

高颧骨，短发，皮肤黑，个子很小，标准岭南人长相，说话不会翘舌。先生讲新国文，久居北平，京腔很重，有时纠正她，她便撒娇似的说："讲乜嘢（粤语，即说什么）？"先生笑，眉山目水间的情意展延，是我从未见过的温暖。

女孩几乎天天造访，先生比任何时候都快乐。他放心我不识字，日记和书信都放在我卧房桌上。我于是知道，女孩叫许广平。她给先生写很多信，浓情蜜意溢于言表。我不明白，大抵又是新人做派。

那日，女孩坐在客厅，我斟茶给她："许姑娘，喝茶。"岁月如水人如茶，顾盼之间，云烟四起，藏住多少曲折心思。我不过是想提醒她，谁才是这里的女主人。无论如何，你是客。

许广平抬眼看我，一个眼睛里灯火闪映的女人，笑容像清晨簇新的阳光。她太年轻了，而我已年逾不惑，年华蓦地在眉眼间轻轻凋谢。

青春是似水流年，一阕流光溢彩背后本能的张皇，有女人的地方，就有争斗。

可我，不战而屈。

我默默转身回卧房，听闻先生说："她是我母亲的太太，不是我太太。这是母亲送我的一件礼物，我只负有赡养义务，至于爱情，我并不知。"

我的心仿佛被捅了一下，绽出一个血泡，像一只饱含热泪的眼睛。世人赞先生何等睿智，我却只当他如此愚钝。我是大家闺秀，是旧式女子，不擅辞令，不懂表白。于我而言，爱是生活，是死生契阔的相依相随，是细水长流的饮食起居。我以为，经年的忍负与牺牲或可换来先生的一丝柔情，没承想，我的深情却是一桩悲剧，我的爱情亦是一场徒劳。

世界变了，所有人都只当我是旧中国落伍、无望的一代，谁也没想过我曾不断衡量与丈夫的关系，尝试了解新世界。我终是背负着命运的十字架，随波逐流。

外面兀自欢声笑语，许广平说："这是一场费厄泼赖（英语 fair play 的音译，即公平竞争）。"我听不懂。恍惚间，满世喧嚣折尽。

5

"三一八惨案"让北平风声鹤唳。手无寸铁的年轻人被段祺瑞政府的兵打死，横尸街头。国难当头，无以家为，哀歌响彻北平。先生没日没夜地撰文，烟不离手，身体每况愈下。我心疼他。

段政府下通缉令，先生走了，留下一句："朱安，好生过。"

青灯黄卷度残生，记忆茕茕。

一九三六年深秋，许广平寄信给我："先生逝于十月十九日上午五时二十五分。"

展信，泪不可遏。

我一辈子流泪只有两次，那是第二次。

枯等三十余年，只要他活着，我就还有个盼，如今，阴阳两隔。我如将熄的炭火，他是我唯一的余温。皮之不存，毛将焉附？我忘记哀伤，忘记怨念，秋雨潇潇，把我心里凄凄的疾风浇得湿漉漉。

缘分清浅，怨不得时过境迁。

后来，娘娘仙逝，日子更艰难了。许广平接济我，怀着对失败者的同情，到底是不屑。在她眼里，我不过是"旧社会给鲁迅痛苦的遗产"。历史喧嚣，容不下我。

家徒四壁，一日两餐，每日只有汤水似的稀粥，就几块酱萝卜。我想起先生的藏书，或可以换钱维持生计。先生一生，撰文不计其数，却没有一个字是关于我，何其悲凉。

午时，数年庭院深深、时光清冷、门可罗雀的家里来了客人。

"我们是鲁迅先生的学生，今日听闻您意欲出售先生藏书，特来关嘱您万万不可，鲁迅遗物无价，须妥善保存。请您三思。"

"您是旧时代的人，没有文化，不懂先生作品的价值。先生是民族英雄，是新时代的先驱和领袖，他的遗物一定要保存！"

意气风发的学生慷慨激昂，我推开面前寡淡的米汤和酱萝卜，放下筷子，定定地看着他们："你们只说先生的遗物要保存，我也是鲁迅的遗物，谁来保存我呢？"

倚栏愁空怅，恨三千丈，何处话凄凉。

尾声

时光越老，人心越淡。

独卧病榻，回望我满盘皆输的人生，我看到了墙角一只小小的蜗牛。我们是老朋友了，绍兴老家的新婚之夜，也有一只蜗牛陪我挨过。它那么努力地从墙底一点一点往上爬，像我一样，爬得虽慢，总有一天会爬到墙顶的。可我现在没力气了，我待先生再好，也是枉然。

我们这些时代波涛中的小角色，大人物身边的小人物，生存已是一种徒劳。

过往的岁月教会我，人的一生中有一个字，是冷，彻骨的冷。所以，我会在星稀的冬夜，点一堆火，慢慢想你。

想起风陵渡口初相逢，那个清癯疏淡的少年对我说：

"你名朱安，家有一女，即是安。"

胡蝶（1908—1989），原名胡瑞华，广东鹤山人，出生于上海。中国第一位"电影皇后"，横跨中国默片和有声片时代。1937年，卢沟桥事变爆发，前往香港。

Hu
Die

胡
蝶

民国影后胡蝶

生活待我凉薄，我报之以梨涡

温哥华的初秋，阳光温淡，轻暖轻寒。

时值一九八九年，华人渐多，列治文几乎成为另一个香港。

我已经很老了，在医院安度最后的时光。

倏尔，窗口飞过一只蝴蝶，连同我此生经历的种种，忽如电影般在脑海中闪回。

我演了一辈子电影。现在，蝴蝶要飞走了。

1

一九〇八年，光绪、慈禧驾鹤西去，我在上海出生。坊间传言，此非祥年。算命先生留下一句"业成，情艰"，便挥袖离去。而后，我用八十一年的生命，终于参透此四字。

十六岁，我考入中华电影学校，艺名胡蝶，不知是缘是劫。此后我出演的几部片子好评如潮，事业如日中天，进入明星影片公司，结识此生唯一的挚友阮玲玉。

玲玉双瞳剪水，面若桃花，不可方物的明艳里，藏着楚楚可怜的悲凉。拍《白云塔》时，我们同吃同住，朝夕相处。我年长两岁，自然对她关顾有加，又因祖籍同是广东，彼此生出许多依恋。她父亲早逝，母亲是大户人家的用人，对低微身世向来缄默，只对我说。我因而更怜惜她，亲如姐妹。

与卿初相识，犹如故人归。

一日，玲玉邀我去她家吃晚饭，我见到了日后花边新闻的男主角，张家少爷张达民。张达民英俊得体，眉宇间有几分灵气，略带纨绔子弟的玩世不恭。

"姐姐，达民母亲不同意我们成婚，只能先同居。"玲玉避了达民对我讲。

"他待你如何？"

"倒是体贴。只是懒得很，仅我一人赚钱养家。别的女明星出入豪华舞厅，我却日日操心柴米油盐。"

我没有再问，心下隐忧。我了然大上海的摩登之气，同居司空见惯。但玲玉幼时缺少优渥与疼爱，年少成名，总显得有些急，面对姻缘、享乐、名誉都欠理性，又生性纤柔，在影视这样风口浪尖的行当，怕是难保全。

翌日片场，玲玉特意嘱咐我："姐姐，万万不可将我的出身、达民之事泄露给外人。若是被闻腥起舞的记者逮到，又要七炒八炒成街谈巷议的闲言。"

"我明白，你放心。"

玲玉巧笑嫣然，单纯得像纤尘不染的小女孩，未谙世事。

这幕场景是玲玉的独角戏，我静坐一旁看她表演。

业界评论玲玉演艺天赋极高，果真如是。她把角色演活了，透着灵性。那么顾盼倾城的女孩，眉山目水点染悲剧气息，我见犹怜。之后很多年，我都在琢磨玲玉演戏。我和玲玉的区别在于，我把自己当演员，她把自己当角色。

我在电影学校读书时，先生讲，人性复杂，最难的是全面把握角色性格，加以表演。若某种细微之处未及展现，角色极易变得单一和扁平。我向来"听话"，每一出戏都经过缜密分析，动用全部演技予以表达。

玲玉不同。她不是科班出身，每部戏都全情投入，化身剧中人。她不会揣摩不到位，因为舞台上的，就是她自己。玲玉行走在剧本与人生之间，无法抽离。

乱花渐欲迷人眼的上海滩，我们两个柔弱女子相依相伴，走过许多年。在这个圈子里，时时处处如履薄冰，阮玲玉是我唯一知心的人。直到后来，她去香港。

沧海横绝，各成彼岸。终其一生，各负苦难。

2

一九三一年，日本人来了。

街头巷尾关于"九一八事变"的传言骇人听闻，举国上下人心惶惶。正值此时，一篇蓄意离间的报道竟将我卷入国恨家仇，以国耻之名，令我声誉扫地。

树欲静，而风不止。

赵四风流朱五狂，翩翩胡蝶正当行。
温柔乡是英雄冢，哪管东师入沈阳。

"民国二十年九月十八日夜，日本关东军发动大规模进攻，一路烧杀抢掠，无恶不作，东北三省之同胞陷入水深火热之中。而东北军之最高统帅张学良将军，彼时却正与交情甚密的红粉佳人——胡蝶共舞于北平六国饭店……"新闻一出，声讨侮辱蜂拥而至。

"九一八"当晚，剧组全员滞留天津，如何与少帅"北平共舞"？我与张学良素昧平生，何谈"交情甚密"？我原想，此捕风捉影之谈不久便会水落石出，没承想，愈演愈烈。

在北平拍摄外景时，成百上千人包围片场，高喊"胡蝶红颜祸水""商女不知亡国恨"，拍摄被迫中断。昔日和蔼可掬的拥趸影迷，霎时狰狞可怖。流言蜚语带来的委屈和压力、事业的重创低迷，难以言表，又刻骨铭心。

回到上海，公司即刻为我发表声明：

此次某国人利用宣传阴谋，凡有可以侮辱我中华官吏与国民者，无所不用其极，亦不仅只此一事。惟事实不容颠倒，良心尚未尽丧。蝶亦国民一分子也，虽尚未能以颈血溅仇人，岂能于国难当前之时，与负守土之责者相与跳舞耶？"商女不知亡国恨"是真狗彘不食者矣。呜呼！某国欲遂其并吞中国之野心，而欲造谣生事。

历经此事，原就理性的我，更加清醒。莫说行为逾矩会招致中伤，纵是洁身自好，依然会惹别有用心之人无事生非。时隔三十年，我赴台湾，仍拒绝与张学良会面。我这一生，因为清醒，所以残忍。

舆论，可让我流芳千古，亦可让我万劫不复。

3

二十世纪三十年代是中国电影业的好时代，作为影人，我有种生逢其时的庆幸。一九三三年元旦，我被选为"电影皇后"。一九三五年春，随中国电影代表团赴莫斯科，参加国际电影展。临行前，玲玉赶来为我饯行。

玲玉过得不好。与张达民分手，和唐季珊同居。唐季珊是生意人，有妻室，原是张织云（中国第一代女明星之一）的情夫，却始乱终弃。张达民日益潦倒，眼见玲玉的新男友阔绰体面，便来纠缠。玲玉辗转在两个男人间，颇难自处。风言风语频频见报，想必玲玉这些年是很辛苦的。

如人饮水，冷暖自知。

我沏了茶，等她。

"姐姐，都二月份了，上海还这么冷。"

"快喝杯热茶，去去寒。"

"莫斯科肯定比这里天寒，我给你一件披肩做礼物。你好生去，我等你回来，讲高鼻梁深眼窝的洋人的有趣事。"玲玉依然俏丽、单纯、娇媚。

"妹妹有心了。我瞧见可心的洋物件，就给你带回来做纪念。张先生的事怎样了？"

玲玉蹙眉，浅浅的哀愁掠上眉心。

"分手决裂后，我仍每月津贴他一百元，他还死乞白赖地纠缠，不知他竟如此无耻。我对季珊也失望得很，知人知面难知心……"

"胡蝶小姐，启程时间提前了，我们赶紧走吧。"

突如其来的行程变更，让我无暇与玲玉多作交谈，只得一边收拾行李，一边叮嘱："张先生的事一定要稳妥，切勿感情用事。我们是活在市井舌尖上的人，一不留神就贻人口实，人言可畏啊。"

"早晚摆脱掉那个拆白党。你马上要出远门，别惦念我了。此番去，定要一展风采，艳压群芳！"

匆匆道别，我披着玲玉送我的貂皮披肩，去往莫斯科。

半个月后，玲玉自杀了。

彼时，我于异国的冰天雪地里，失声痛哭。

未若锦囊收艳骨，一抔净土掩风流。
质本洁来还洁去，强于污淖陷渠沟。

玲玉单纯，性情怯弱，可怜遇人不淑，遇事失于冷静，最终落得阴阳两隔。倘若当时我行程无改，听她深谈，或有不同结局？

置身于光怪陆离的名利场，谁又能窥破薄如蝉翼的命运。

那么多年惺惺相惜的密友离世，恐怕世间再无一人，可与我推心置腹。前路漫漫，踽踽独行。

4

我和潘有声相恋六年，原想回国后成婚，因玲玉噩耗，暂时耽搁。后来，母亲催婚："趁你父亲在世，由他带你入教堂，将你交给有声，我们就放心了。"

一九三五年十月廿八，圣三一教堂，我穿上婚纱。时局动荡依然，所以格外贪恋掌心的温暖。死生契阔，与子成说。

香港投降后，日本人登门，让我拍《胡蝶游东京》，这无异于当"明星汉奸"。我虽是演员，但在民族危难时，我很清楚自己应选择的道路。于是，我和有声逃亡重庆。全部家当另行装箱，包括玲玉赠我的披肩。

然而，这世道竟是豺狼出没、虎豹横行。我到重庆后，得知我们的全部身家悉数被劫。世人道我贪财惹祸，殊不知我心心念念的，是玲玉妹妹的遗物。我急火攻心，大病一场，初愈便托人四处找寻。

厄运，悄然而至。

经人引荐，我见到他，国民党军统副局长戴笠。

与生俱来的残酷凶狠的气质，长期身在军营的现实，让戴笠举手投足间尽是兵匪气。我求助无门，只得依靠于他。

"戴局长，箱中一件貂皮披肩是紧要物什，家人珍传，还望您费心。"

"胡蝶女士放心，戴笠愿意效劳。"他不停打量我，满口应承，满目狡黠。

回家后，我暗自存下戒心，时刻提防他图谋不轨。有声外出时，我从不单独会客。谨小慎微的日子，古井无波。

"夫人，我拿到了专员委任状和滇缅公路的特别通行证，我们的生意又能东山再起了！"有声欣喜地对我讲。家财尽失后，他一直想方设法赚钱养家。

我却忧心忡忡。身处举目无亲的重庆，戴笠的觊觎之心常使我卧不安席，有声是我唯一的依靠。可是，我不能阻拦有声梦寐以求的赴滇缅经商的机会。更何况全家上下糊口维艰，他非去不可。

别时容易见时难。

有声一走，我就沦入戴笠之手。天河巷208号，整整三年，我被囚禁于此，如笼中雀。尽管戴笠百依百顺，我却未曾有一刻停止过对他的诅咒。豺狼当道，无法无天，我一介弱女子，无力保全。

他怕我轻生，威胁我："你要是死了，潘有声也活不了，你的父母儿女，都得给你陪葬。"江湖传言，特务头子戴笠杀人不眨眼，我信他做得出来。

世人道我精于世故，懂得自保，焉知生难死易，屈辱比苦难深重。我夜夜梦到玲玉，亦想一死了之。可是我不能为自己解脱，连累家人。

死是解脱，生是责任，市井之语，竟唾我不洁不烈。

深宅大院里的时光，味同嚼蜡。公馆书房里存放古籍，我终日
不语，读书度日。

春秋时期，息国夫人息妫美若星辰，蔡国国君对其轻佻不敬。
息侯不悦，联手楚文王，一举灭蔡。而后，楚文王造访息国，息妫
席间斟酒，楚文王为之倾倒，遂灭息国，娶息妫为妻，贬息侯守门。
息妫为保全息侯性命，忍辱而生，三年不发一语。

"看花满眼泪，不共楚王言。"

读至此，我泪眼婆娑。息妫归洁其身，却被后人冠以红颜祸国
之名；无奈苟活，却身负"千古艰难唯一死，伤心岂独息夫人"的
责难。此时与我，若合一契。

生活，只有眼前的苟且和无边的绝望。

5

心如枯井，愁深似海。

当我已然习惯在逼仄的时光里久居时，抗战胜利，戴笠死了。

生是希望。

我与有声重聚，定居香港。

有声心里是苦的，时常地呆坐无神。他知罪不在我，是这风雨

飘摇的时势之错，恃强凌弱是千古法则。天下四分五裂，人命尚如草芥，何况贞洁。

在香港，有声创办洋行，我倾力辅佐，似是苦尽甘来。

然而，往事凄艳，情深缘浅。

不久，有声病逝。

错失太易，爱得太迟。自此，我去墓地探望的，除却玲玉，又添有声。

　　　　彼岸花开开彼岸，花开叶落永不见。
　　　　花叶生生两相错，奈何桥上等千年。

尾声

晚年，我孑然一身，漂洋过海。

温哥华多雨少晴，有种现世安稳的静谧与温情。

我这一辈子，果如阴阳先生所言，业成，情艰。生于乱世，我们注定是颠沛流离的一辈人。跋涉过八十多年的风刀霜剑，点点行行，总是凄凉意。

只是，生活待我凉薄，我报之以梨涡。

不是每个人都幸运，可以有机会承受苦难，上苍只对少数人苦其心志。当苦厄来临，含垢忍辱者负重前行，不堪重负者堕落消亡，我选了前者，玲玉选了后者。

所有软化痛楚的坚韧，都将沉淀成生命的质感和力量，刻在人性深处，被历史记得。

一九五九年，我重出银海，年过半百，成为"亚洲影后"。痛之深，情之切，是为浴火涅槃。

回望此生，悲欢若刻。世间离苦，我皆不怨，人生喜乐，我亦不恋。来去无依无牵，胡蝶要飞走了。

孟小冬（1908—1977），本名孟令辉，出生于上海，梨园世家。京剧女演员，工老生，唱腔雄浑，人称"冬皇"。

Meng
Xiao
Dong

孟

小

冬

京剧女皇孟小冬

与梅兰芳情深，与杜月笙缘浅

他黯然离去。大抵从今往后，两两相忘，各安天涯。

空荡荡的大堂，只有我冰冷的字句，余音未了："你记住，今后我若唱戏，不会比你梅兰芳差。我若嫁人，亦绝不会比你差。"

生来飒爽、坚定，又狠决，我是孟小冬。

1

一九三八年，我师承余叔岩，日日听师父说戏。

"唱戏讲究满宫满调，字正腔圆：阳平要平，去声要挑，上声低唱。唱念做打，一招一式须得合乎时宜，谓之有板有眼。我们梨园行，台子上面是唱戏，台子下面是规矩。"

身为伶人，我大约是不规矩的。

我出身梨园世家，幼师开蒙，十二岁首次登台，十八岁听闻"京剧在北"，孑然一身，离沪赴京。

在凛冽的北方，我只经历了两件事：被尊"冬皇"，遇见梅郎。

我唱老生，女扮男装。扮相好，嗓子纯，无雌音，一时轰动京城。彼时，梅兰芳已成家喻户晓的名角儿，是"四大名旦"之首。

我与梅兰芳同台，共演一曲《游龙戏凤》。戏中，我一身江湖气，他满面女儿红。初初邂逅，就已注定此生。

我凤冠霞帔地嫁与梅兰芳，红裳灼灼，爱意青翠。"旦角之王"和"须生之后"喜结连理，似是菊苑佳话。

可他执意遮掩。

戏文朗朗，人生却多是迷离。

"有家不知名的小报，登了你我的婚事。"晚饭时，我随意提起。

"哪家报纸飞短流长，我明儿一早就去发声明澄清。"

"澄清什么？我们确实成亲了。"

"我不想张扬。"

"为什么总要瞒，娶我是一件很丢脸的事吗？"

他沉默。

"你要低调，让我暂宿冯公馆，新婚未进梅家门。你怕流言，对外只字不提和我完婚。你有两房太太，可我也是你明媒正娶的夫人啊！我不顾满城风雨地嫁给你，婚后不再登戏台，你竟连这点压力都不敢承担？"

"我今晚不在这儿过夜了，你早点休息吧。"他放下碗筷，起身走了，行到门口，停了脚步，"小冬，入了梨园行，步步都是规矩。"

翌日清晨，启事见报：

兹证明梅兰芳与孟小冬未结连理，特此敬告，清者自清。

梅兰芳

2

师父一向体弱多病，现年过半百，每天起床，已是黄昏。他身子骨虽单薄，但一招一式都亲自示范。"唱老生，高音立，中音堂，低音苍，擞音圆。这出《搜孤救孤》，'人道妇人心肠狠，狠毒毒不过你这妇人的心'，你须唱得再利落、洗练些。穿上戏服，扮上相，你就不是女人了。英气、霸气、阳刚气，要毫发毕现，不染脂粉气。"

常年扮须生坤伶，骨子里烙下太多刚毅与豪情。女儿身，男儿心，是赢，也是输。

光阴沁凉，落花染衣。

我深居简出，到底是为妾的人，容不得心高气傲。

一九三〇年，用人来报，梅家伯母离世。

削短发，戴白花，着丧服，我第一次来到梅宅，为其吊唁。正待跨进门槛，却被拦下。屋内摇摇曳曳地走出一个身怀六甲的妇人，应该是梅兰芳的正房太太福芝芳。她一张口，就是来者不善的敌意："我们家门槛小，容不下冬皇。请回吧，梅家的门，你永远别想进。"

"请梅先生出来讲话。"我怕她动气，伤了胎儿，不同她辩。

梅兰芳迟疑着走出来，左右为难，怯怯地看向福芝芳："小冬都来了，你就让她进屋磕个头吧。"

"今天她要踏进这家门一步，我拿两个孩子和肚里这个，跟她拼了！"福芝芳歇斯底里，竟哭起来。

梅兰芳赶忙对我说："小冬，你回去吧，快回去。"

我一言未发，一把扯下头上的白花，狠狠地摔在地上，头也不回地走了。我年少跑江湖，十几年摸爬滚打，不过依凭一腔虎胆，半两傲岸，素来不屑弱女子的梨花带雨。可是，摘下须髯卸了妆，我终是一介女子，为情所困，却无人怜惜。

爱之深，痛之切。

丧事毕，梅兰芳登门致歉。

我满目桀骜："你记住，今后我若唱戏，不会比你梅兰芳差。我若嫁人，亦绝不会比你差。此生，你断是忘不掉我孟小冬。"

不久，报上赫赫登着我撰写的"紧要启事"：

> 孟小冬经人介绍，与梅兰芳结婚。当时年岁幼稚，世故不熟，一切皆听介绍人主持。名定兼祧，尽人皆知。乃兰芳含糊其事，于祧母去世之日，不能实践前言，致名分顿失保障。虽经友人劝导，本人辩论，兰芳概置不理，足见毫无情义可言。冬自叹身世苦恼，复遭打击，遂毅然与兰芳脱离家庭关系。
>
> 是我负人？抑人负我？世间自有公论，不待冬之赘言。

我像戏台上英姿凛凛的须生，一开嗓，博了满堂彩。

赢得风风光光，输得片甲不留。

3

一九五二年，香港。师父溘逝，已近十年。

我收赵培鑫、钱培荣、吴必彰为徒，孙养农举香。拜师礼，我对徒弟训话：人道青衣薄幸，戏子无情，此言差矣。我余派传人，戏里戏外，都得做有情有义之人。

我这一生，未曾负人。

恍然忆起豆蔻之年的一桩事。

彼时，我已是上海大世界的红角儿。一晚，戏罢谢幕，后台进来个眉目嶙峋的男人，一身匪气，亦正亦邪。他目不转睛地凝视我，撂下一句话，便潇洒离去。

"有朝一日，我杜月笙定会娶孟小冬为妻。"

后来我与梅兰芳离婚，苦心孤诣皈依京剧，师父却猝然寿终。正值时局动荡，我无依无靠，漂泊伶仃。一九四九年，杜月笙将我接至香港。此时，他已是花甲老人，终日卧榻。我感念其情深，照拂左右。

"小冬，你还是个小姑娘时，我就说，我这辈子一定会娶你。"

"转眼已经二十多年。"

"二十多年来，我朝思暮想，若能娶到孟小冬，此生足矣。"

"我心高过天，命薄如纸，大半生没名没分，现在都看淡了。"

"小冬，我只问你一句，你愿意嫁给我吗？"

两行清泪散着苦香，瘦了柔肠。生性孤傲清狂，无论是梅宅前被福芝芳羞辱，抑或离婚后被市井流言湮没，我滴泪未落。却在杜月笙身畔，卸下伪装，泪雨滂沱。

踽踽独行二十余载，冷暖自知。

杜月笙着了慌："小冬，你别哭，我已风烛残年，有四房姨太，你不愿嫁我也是自然，我不会强迫你的。人们都说我是上海滩的流氓头子，但我清楚，'义'字何解。"

"我愿意。"

香港九龙，婚筵盛丽。琉璃光盏间，杜月笙齐聚在港的子女晚辈，跪拜行礼，称我"妈咪"。

杜月笙形销骨立，站成一世深情。我身着崭新的绲边旗袍，依偎在旁，眉眼间的细纹里，尽是温柔情意。

"我要让全中国的人都知道，杜某人娶了孟小冬！"他对满座亲友笑言。

所谓低调，说到底还是爱意轻浅，才畏人言。你爱我，所以我是你的骄傲。何必遮掩？

梅兰芳施我三年温暖，我燃尽整个青春偿还。如今，已成陌路。从今往后，我只为杜月笙一人唱戏。

然而，只一年，他便撒手人寰。

短的是戏文，长的是人生。

我四十四岁，中年丧偶。其实，过尽千帆，我已习惯别离。戬氍之上演绎喜乐，戏台之外尝尽悲欢。我用清冷傲骨，涉过岁月的深寒。此后，我寡居近三十年，未曾再嫁。

外人道，杜月笙有情，孟小冬守义。

纵有千种情义，更与何人说。

4

徒弟每日来我家，听我说戏，恰似我当年立雪余门。

"师父，有您的信。"

我拆开信封，是姚玉兰。

玉兰是杜月笙的四姨太，我与她识于微时，情同姐妹。这么多年江湖浪打，可称知心的，唯有玉兰。杜月笙过世后，她带孩子去了台湾，我仍留香港，潜心教徒。

小冬：

见字如晤。

我们在台湾已安顿妥当，勿念。台湾清静，不似香港喧嚣。你茹斋念佛，适合此地。盼择日赴台，顺颂冬安。

小冬，半世凄苦，你后悔吗？

玉兰

我把信放在一旁，继续授徒。

"我们唱戏，每句唱词念白，出口即合准确的调门节拍，不可冒调走板，不容游离迟疑。从艺多年，深深悟道，唱戏如下棋。行棋讲究落子无悔，伶人开腔，落音无悔。"

徒弟走后，我提笔给玉兰回信。

玉兰：

　　我在香港一切都好，只是孤单。孤单也是好的。台上火树银花，声色犬马，台下灯暗歌停，曲终人散，浮华盛世作孤清布景。

　　你问我是否后悔，我也夜夜捧心自问。

　　我理应后悔。悔生得倾城之貌，红颜薄命，若是寻常女子，情路怕是不会如此坎坷。悔入了梨园行，逢场作戏时时有，真心相待无几人。悔嫁了梅兰芳，掏尽出尘赤子心，落得水尽鹅飞、飞短流长。悔未及早拜师，才学尚疏浅，师父已辞世。悔与月笙相见太迟，一载姻缘，几年离索。

　　生性倔强，所遇非人，情深缘浅。业障太多，应得后悔的事也难计其数。

　　可我孟小冬，天生就不是会后悔的人。

　　若非入行，何来菊苑蜚声，冬皇之名。若非决裂梅郎，出言狠烈，何来素心学艺，与之比肩。师从余派，嫁杜月笙，兑现当初对梅的诀别之誓，已是薄凉宿命里的幸事，不敢贪求长相守。

我嫁与杜月笙，不是报恩，不是无奈，是爱。我对梅兰芳，早已无嗔、无恨，剩下的都是成全。

小冬一生如戏，落音无悔。

香港四季如夏，虽已入冬，还是燥热。我不知几时赴台，你多保重。遥望安好。

小冬

除夕之夜，我杜门谢客。换上久置高阁的戏服，在硕大的杜家庭院，一个人唱《游龙戏凤》。

思念一个荒芜的名字。

我怀念起北平的冬雪、上海的笙歌……在香港，只有我和满世落寞。

清欢尽处是沧桑。

尾声

一九七七年，我七十岁，定居台北已有十年。

十年了，依然吃不惯口味清淡的台湾饭菜，挂念北平淋漓尽致的酸甜苦辣。如我，一世浓烈。

爱憎浓墨重彩，泾渭分明。这才是孟小冬。

走过起承转合，我人生的这出戏要落幕了。

是非短长，留待座儿评说。

于凤至（1898—1990），出生于奉天怀德（今吉林公主岭），富
商之女。张学良原配，育有三子一女。天资聪颖，经史皆通，
书法、刺绣亦堪绝。

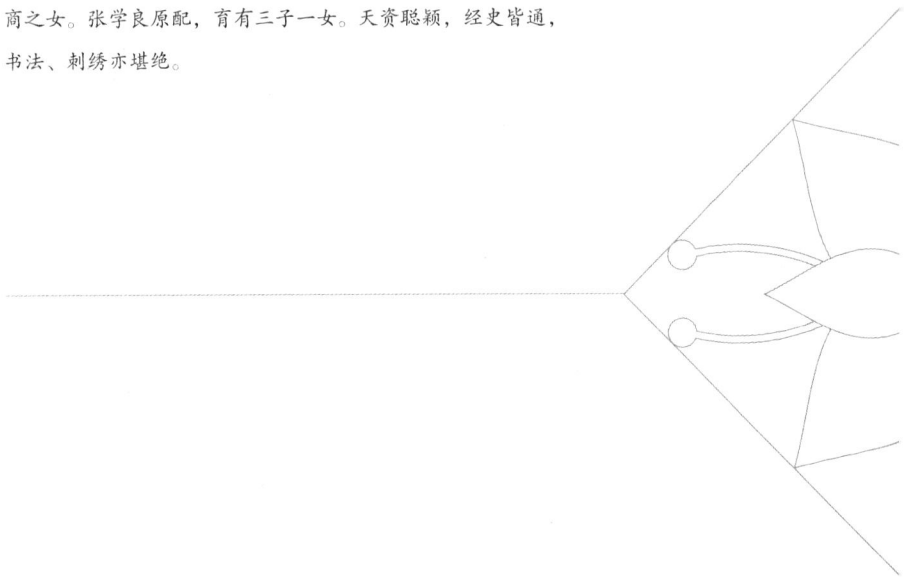

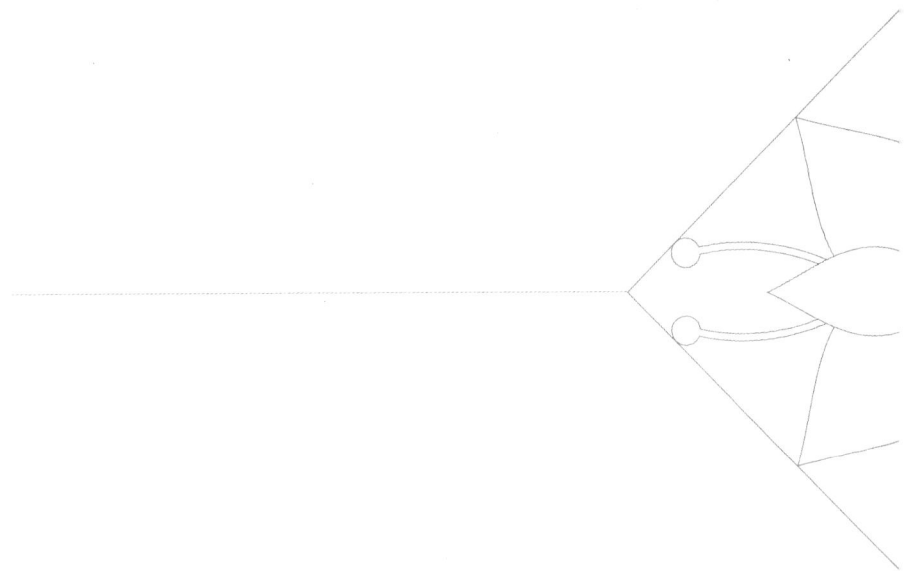

于
凤
至

少帅张学良夫人于凤至

凤兮凤兮，非梧不栖

凤凰鸣矣，于彼高岗。梧桐生矣，于彼朝阳。

凤翱翔于千仞兮，非梧不栖；士伏处于一方兮，非主
不依。

1

我出生于一八九七年的东北，算命瞎子说我福禄深厚，乃是凤
命。父亲便给我取名，于凤至。

庭院深深，我出落得日渐明媚。人们说我容颜古典，如雨后初
荷。我与张家立有婚约，待我成年，张家公子便会娶我。我只是依
父母之命、媒妁之言，十八岁那年，跟随父亲赴奉天。遇见我此生
的丈夫、京城四少之一——张学良。

父亲只说去奉天购置笔墨字画，后来才知此行是张家父亲张作
霖安排的相亲。

那天细雨，画店掌柜允诺送画上门，却迟迟不见踪影。我们当
晚须还乡，我心下焦急，站在客栈门口，频频眺望。远处走来一个
白衣少年，英挺颀长，漫不经心地走，也不惧雨淋，两手空空，大

约不是"掌柜"。我却隐约觉得，他是我等的人。

少年停在我面前，眉宇间稚气未脱，却满是英气和桀骜。

"初次见面，我是张学良。"

我浅笑："下雨了，进屋吧。"

我并不知道，与我定亲的，就是眼前这个名叫张学良的男人。我只是怜惜他淋雨。一如此后多年，我对他，总是心疼。

不久，我在家中收到他的信。

> 古城相亲结奇缘，秋波一转消魂。千花百卉不是春。厌绝粉黛群，无意觅佳人。
>
> 芳幽兰独一枝，见面方知是真。平生难得一知音。愿从今日始，与妹结秦晋。

我已知他身世，恐门第悬殊，好事难成，便和他一阕：

> 古城亲赴为联姻，难怪满腹惊魂。千枝百朵处处春。单元怎成群，目中无丽人。
>
> 山盟海誓心轻许，谁知此言伪真？门第悬殊难知音。劝君休孟浪，三思订秦晋。

他特意登门造访，当着于家上下的面，对我说："你记住，于凤至一定是我张学良的女人。"说完，他便走了。不羁，潇洒。那年，他十四岁。

世间好物不坚牢，彩云易散琉璃脆。

婚后，我才发觉，汉卿（张学良，字汉卿）用情难专，喜花天酒地，自诩"平生无憾事，唯一爱女人"。

那个年代，妻妾成群是平常事。我是大家闺秀，既嫁从夫，须一世得体。

举案齐眉，到底意难平。

汉卿醉酒，口齿不清地念："大姐，你是贤妻良母，可张学良恰好配不起贤妻良母。我永远敬你。"

风乍起，吹凉人心。他权倾天下，胆魄过人，风流倜傥，坊间传言"民国四大美男"，凭我，系不住他的心。

罅隙渐生，破镜难圆。直到一九一九年，我生闾琪。

闾琪是我们的第四个孩子，生他时，我得重病，几近亡故。中外医生天天上门医治，都无力回天，让两家准备后事。其实，身病是小，心疾难除。

我在半病半醒间，约莫知道两家长辈之意，让汉卿迎娶于家侄女，以便日后照料四个小孩。

"我反对。我太太病重，你们让我即刻娶亲，不是催她死吗？我不想她心里难过。如果我太太当真熬不过这一劫，我们再议。这婚，不能结。"

他的声音穿过阴霾与痛楚，朗若辰星。我只道他多情，没想到他在我行将就木之时，顾怜于我，拒绝另娶。

患难见真情，日久见人心。

不日，我起死回生般痊愈。

汉卿说过一句话，沾上他的女人，就再也离不开。他身上的魅
力太深，英雄虎胆与江湖侠义，柔肠百转又放荡不羁，直教人生死
相许。

张学良是传奇。

2

一九二八年，对于整个张家而言，是悲恸的一年。

那年夏天，张作霖溘逝。他拒绝向日本人妥协，所乘专列在皇
姑屯被日本关东军的炸弹炸毁，当日逝世。

噩耗传来时，汉卿远在北平。大帅既殁，群龙无首，唯有汉卿
能掌起东北大权，我于是提议，秘不发丧，待汉卿归来。

大帅府里，前来探视的日本军官络绎不绝。我令府里老少掩藏
哀伤，谈笑风生，让姨娘们穿得花枝招展，佯装泰然。虚虚实实间，
日本方面未敢轻举妄动，汉卿终于到家了。

"大姐，爹怎样？"

"爹遇害当天就走了。"

汉卿仰天而泣。二十来岁，承受突如其来的悲痛，我对他，心
疼入骨。

"汉卿，有我陪你。"

那年春节，是我们夫妇最难挨的日子。除夕夜，汉卿暗自落泪。我温了一壶酒，给他斟满。

"爹待我们好，他走了，我心也痛。可你是东北少帅，是一家之主，国事家事重担在身，你千万不能倒下啊！"

他牵起我的手，噙着泪："大姐，我只有你一个亲人了。"

英雄弹泪，惹人心碎。

汉卿洒酒祭父，仰天长啸："我张学良誓与日本人不共戴天！"

我抱着他默念，纵然你非一心人，我仍愿白首不相离。

3

赵四小姐不期而至，张家上下措手不及。

报上赫赫登着赵家声明：

> 四女绮霞，近日为自由平等所惑，钟情少帅，竟自私
> 奔。遂与之断绝父女关系，今后发生任何情事，概不负责，
> 此启。

街头巷尾，一时热议。

她怯怯地坐在大帅府的堂屋里。貌不倾城，只是清瘦，穿艳色旗袍，年轻得眼眸里都盛开着桃花。

市井盛赞她敢爱敢恨，我却无法欣赏这样的女孩。我绝不会放低身段，取悦一个男人。不是礼教，是身为女子的矜持和高贵。可古往今来，英雄左右大都是这般主动示爱的女子，大抵因为他们习惯于被仰视和被追逐。同为女人，殷勤不难，媚惑不难，最难是爱得有尊严。世间男子或未知觉。

她望着我："大姐，我无家可归，但求你们收留，永不要名分。"

她眼里有怯意，也有敌意。女人之间的争斗，总是化于无形，不着痕迹。可我不想与她斗。

"四小姐，我年长你十五岁，你的心思我都了然。若要长相处，还是坦诚相见的好。我让用人给你收拾床铺。"

而后，她有了身孕，我出资盖新楼，请他们母子入住。

我给张学良的，是一个女人最大的成全。

4

汉卿恨日本人入骨，国恨家仇之下，一九三六年，西安事变爆发。汉卿挟蒋抗日，举国震惊，继而高呼汉卿是"民族英雄"。我赴英国探望儿女，收到消息，汉卿护送蒋回宁，被蒋介石羁押囚禁。

汉卿义薄云天，可侠义遇上政治，就是死路一条。

我立即发电报给宋子文："学良不良，心急如焚。"随后，带子女连夜飞抵南京。早年我曾拜宋美龄母亲做干娘，如今情势危急，只得恳求宋母出面，求见蒋介石。蒋拒不接见。

连日奔波斡旋，我心力交瘁，瘦削如柴。

宋美龄不忍见我憔悴，宽慰我："你放心，只要我活着，就一定保学良的命。"

终于，蒋介石同意我陪狱。

秦淮河桨声灯影依旧，汉卿只唱《四郎探母》："我好比笼中鸟有翅难展。"

此后，一千多个日夜，我陪他辗转苏、浙、皖、赣、湘、黔，洗尽铅华，相濡以沫。

贵州阳明洞，远离阡陌红尘，半扇明月锁进柴门，炊烟舔舐孤清，鱼灯散发苦香。

汉卿坐在我身旁，已是消得衣带渐宽，岁月温柔了他数不清的疼痛、棱角与锋芒。

"大姐，你待我天高地厚，我永世无以为报。我一世英雄，人称'东北虎'，能给我的女人、部下、百姓撑起一片天，只有在你身边，我可以贪玩，可以流泪。你在，我不怕。从今往后，你我再无生离，只有死别。"

泪光如刃，切薄暗夜。一瞬，仿佛经年忍负化为懂得与慈悲，镌刻我所有的暑寒。

情若乌江水，江之永矣，不可方思。

那年春天，我被确诊乳腺癌。

汉卿求助宋美龄，在其协调下，我将赴美就医。临别，汉卿嘱我静心养病，永远不要回国。

他想保全我和孩子。

我特意中转香港，见赵四小姐。

四小姐荆钗布裙，素手弄羹汤。见到我，很诧异。

我开门见山。

"四小姐，我得了癌症，要去美国治病。汉卿的自由之期遥遥，生活艰苦，我来是恳请你前去照拂。"

"少帅待你不薄，你也是知恩图报的人，总不会大难临头各自飞。"

"年轻时，我不欣赏你，嫌你低到尘埃里的姿态，有失大家闺秀风范。如今，你若肯去陪伴汉卿，我对你是敬重的。"

"爱是无嗔无怨，是不求回响……"

我从来没有讲过那么多话，讲到日头偏西，讲到满目沧海。

此情可待成追忆。

"大姐，我也深爱少帅。可是孩子十岁未满，日常起居都需母亲料理，我当真爱莫能助。"

"四小姐，我已是迟暮，恐不久于世。汉卿余生有你相伴，我心便安了。你亦可有名有分地做张家太太。"女人到了这个岁数，已不是燃起一腔热情，就敢赴汤蹈火。

赵四小姐终于应允。

"你不必告知汉卿，我来港与你交谈，只说担心他一人孤单，便去做伴。"

"这是为何？"

"我只望你二人长久，不愿他念我情深。"

四小姐哭了。梨花带雨，楚楚可怜。她太娇弱，需要汉卿保护，而我是要保护汉卿的人。

"大姐，论容貌、家世、气度，我自认处处比不上你。凤非梧不栖，你说少帅不是等闲之辈，你亦不是寻常女人。我会尽力照顾他，你千万保重，早日康复。"

其实，我从未想过与你一较高下。

我只是爱张学良，只是盼他好。

5

纽约的日子沉静而虚弱。

我从鬼门关走了一遭，竟又康复。

与女儿女婿同住，学英语，入股市，生存持家，广交豪杰。我是张学良的妻子，是东北第一夫人，理应活得端方从容，况且我一直静待机会救汉卿。

一九六四年，台湾突然刊登《西安事变忏悔录》，作者张学良。满纸荒唐言，绝非汉卿所写。我协同近几年在美结交的人脉，为汉卿奔走呼号，将他身受非法囚禁之事公之于世，向台施压。此举震惊台湾当局，宋美龄胁迫汉卿与我离婚。一来断绝汉卿赴美探亲的后路，二来掩人耳目。借口基督教信徒只得一夫一妻，以信仰之名，逼我离婚。

我一介花甲老妇，在大洋彼岸，颤巍巍地签署了离婚协议。

半纸家书，一场曲终人散。

汉卿的一生，是政客，是英雄，是阶下囚；他的婚姻是政治的、历史的，独独由不得他。他在婚姻里遇见的人，跟随大人物跌宕的生涯，颠沛流离，支离破碎。

这是代价。

我曾对赵四小姐许下关于名分的承诺，现已兑现，我也心安。只是她一辈子小女人心肠，明知此举是阻断汉卿的自由之路，仍旧欣然。到底是大半生的心心念念，终了，有了回声。

人家说我命好，我这辈子的福气全都给了张学良，自己没什么风命。

汉卿与我通电话，说："我们永远是我们。"

尾声

我很久不做梦了，那晚却梦到汉卿。

梦里，他还是初见的模样。

与君初相识，犹如故人归。

他站在我家门前，当着上上下下几十口于家人的面，对我说："你是我的女人。"

眉山目水，尽是清狂。

翌日新闻：

前国民党陆军一级上将张学良夫人于凤至，昨夜梦中辞世，享年九十三岁。张学良书挽联凭吊亡妻：唯将终夜长开眼，报答平生未展眉。

蒋棠珍（1899—1978），江苏宜兴人，徐悲鸿第一任妻子。徐悲鸿曾为其更名碧薇。早年与徐悲鸿私奔。

Jiang
Tang
Zhen

蒋棠珍

徐悲鸿原配蒋棠珍

却道海棠依旧

更深人静，灵堂寂寂。

烛火明明灭灭，遗像上的女子沉静端庄，面若海棠。

只恐夜深花睡去，故烧高烛照红妆。

遗像上的人是我，蒋棠珍。

1

我是宜兴人，出身书香门第，豆蔻之年与名门望族查家定亲。做少奶奶，开枝散叶，儿孙绕膝，此生一眼望穿，古井无澜。

可是，命运在我十八岁那年骤然顿笔，突兀得让人措手不及。

父亲时任复旦大学国文教师，举家迁沪。在上海，前来拜谒的学生络绎不绝，深得父亲赏识的是徐悲鸿。

徐悲鸿俊朗清瘦，举手投足尽是书卷气，望向我的时候，眼眸里满是酽酽的温柔。

他大约是喜欢我的。

徐悲鸿习画，赠我一幅海棠。

"我喜欢海棠般的女子，出尘绝艳，飒爽高贵。"

我抬眼望他，只想到玉树临风。经年习画的飘逸气质，才情与柔情兼备，不经意地暖了近旁的人，我蓦地生出想要依靠的错觉。

他走后，我细细摩挲那幅海棠，心下黯然。来年，我将嫁作他人妇，这段少女心事也便如烟了吧。查家少爷纨绔，曾向家父讨要考卷答案，品行未见端正。

婚约一纸，缚住我对婚姻全部的想象。

一阵清风，把画作吹拂在地。我赶忙拾起，恰好看到背面小字：

卿若海棠。

心像涨了潮，冉冉蔓延到眼眶，潸然泪婆娑。

第一最好不相见，如此便可不相恋。情深缘浅，倾慕不过一场徒劳。

恨不相逢未嫁时。

门突然开了。

就像黑夜迷路的孩子，蹲在地上抖肩哭泣，一抬头，却看到了粲然星空。

徐悲鸿站在门口，目如繁星，对我说："棠珍，跟我走。"

我十八岁，跟一个叫徐悲鸿的男人，逃婚私奔了。

父亲面上无光，令蒋家上下演了一场假出殡，灵堂遗像煞有介事。人们说活人办葬礼，兆头不好，是大忌。

我却无所谓。

悲鸿和我，是生生世世一双人，黄泉路上都要执子之手，何畏
人言迷信。

然而，当我八十高龄独卧病榻时，方知是我一厢情愿。

"棠珍，从今日起，我为你更名蒋碧薇，放下前尘，从头来过。
好吗？"

"好。"

为你，情愿撕毁豪门婚誓，割舍父母亲友，更不必说改一个名
字。我的爱情像飞蛾扑火，决绝得不留退路。

2

在康有为的帮助下，我们私奔到日本。悲鸿痴迷日本仿制原画，
遇见心仪的，毫不犹豫买下来，积蓄很快用罄。

他四处帮人作画，我做女工，薄薪勉强度日。

十指不沾阳春水，今来为君做羹汤。时光清苦，我却总相信，
有朝一日他能出人头地。

彼时流行怀表，我大半个月没吃晚饭，攒钱给悲鸿买了一块。
他很感动，做了两枚戒指，分别刻着我们的名字。他常年戴着刻有
"碧薇"的那枚，逢人便讲，这是我太太的名字。

后来，我们辗转去了巴黎，他进法国最高国立艺术学校官费留
学，我进校学法语。我不是旧式女子，懂得顺应时代潮流，免遭淘

汰。悲鸿声名鹊起，我作为徐悲鸿夫人，社交礼仪恰到好处，人们都说我们是一对璧人。

一日，家中来了一位浓眉大眼的年轻人。

"鄙人张道藩，留学法国习画，仰慕徐先生，前来拜访。"

"您先请进，悲鸿马上回来。"

他与我攀谈，儒雅而热情。

"您这身洋装很美，上衣是大红底、明黄花，长裙是明黄底、大红花，像一株海棠，雍容华贵。"

"张先生过誉，不过是柴米油盐的主妇罢了。"

结婚数年，习惯了做灶下婢，"卿若海棠"的比喻尘封太久，几近遗忘。

"您虽不施粉黛，却难掩高贵气度，真可谓淡极始知花更艳。"

悲鸿回来了，我匆匆离开客厅。我怕被张先生眼眸里的火焰灼伤。落花有情，流水无意，此生嫁给悲鸿，旁的人都成了过客。虽则如云，匪我思存。

尔后，张先生寄来一封长信，情意脉脉，表明心迹。

我只复他一行字：

先生一何愚，罗敷自有夫。

后来，我们回南京去了。

载誉归来的悲鸿如日中天，日子似是苦尽甘来。

满街银杏的时候，姑母病故，我回宜兴省亲奔丧。因着悲鸿盛名，衣锦还乡，当年那出"假丧"也淡成茶余饭后的笑谈。市井之人眼薄，记性也不大好。小城姑娘问我东京和巴黎的模样，我竟记不真切。

东京只有家徒四壁，巴黎只有半纸情信，其余，都是悲鸿。

正说着，便来了信：

快回南京吧。你再不来，我要爱上别人了。

3

南京的冬天凄凄寒寒，不比北方摧枯拉朽，只是清冷，冷得黯然惆怅。徐公馆依然，银杏落尽，乌鸦泣枝丫。

我见到"慈悲之恋"的女主角，孙多慈。

悲鸿的画库，满屋满室都是她。柳叶眉，瓜子脸，弱不禁风的寡欢。我只觉天旋地转，绮丽的颜料如刀似剑，手刃我的心。

我晕倒在自家画室。

醒来，悲鸿坐在床前，小心翼翼地讲："大夫说你患了猩红热，需要静养。我请假陪你。"

我漠然地看着他："我要吃冰糕。"

"好，我去买。"

他一走，我就泪如雨下。腊月的南京天寒地冻，哪有冰糕卖，何况我在病中，忌生冷。

他对我已不是爱，是愧。

初春，孙多慈送来百棵枫苗，名曰点缀庭院。我知其用心，便令用人折苗为薪。

悲鸿得知，默不作声。到底是心怀鬼胎，处处赔着小心。

绝望日渐蚕食我的爱意。我向来聪慧，却不知自己何罪之有。抛弃锦衣玉食，陪他颠沛流离共患难，略无半点大小姐脾性。我不是抱残守旧的封建女人，逃婚、留洋、学外语、打扮入时、社交得体，燃尽生命去爱他，到头来，仍逃不过糟糠之妻的弃妇之命。

我败给了谁？

踏入孙多慈宿舍之前，我料想她是惊艳的。

可是，当我面向她，心里却是更深的凉意。

"孙小姐，我是徐先生的爱人。我来，只有一句话：请你自重。"

她眼里怯意浓重，怎会如我当年赴汤蹈火。

多年后，她依从父命，嫁与他人，倒也应了我的猜想。

论及容貌、家世、胆略，孙多慈无不在我之下，更比不起我与悲鸿十余载相濡以沫。可偏偏是她，毁了我的婚姻。

我败给了人性。

但见新人笑，哪闻旧人哭。

我的丈夫又开始了热恋。

摘下刻有"碧薇"的戒指，换上镶红豆的黄金戒指，题着"大慈"。

我问他："你每爱上一个姑娘，就会换一枚戒指吗？"

他不言语。不在乎你，连掩饰都懒得做。

恩情似流沙，一点一滴流逝。我想挽回，却只能坐以待毙，无力回天。

在生命无边的僵局里，进退两难。

4

分居后，为讨好孙父，徐悲鸿登报声明：

兹证明徐悲鸿先生与蒋碧薇女士脱离同居关系。

弃之如敝屣。

回想自己十八岁，义无反顾地私奔，于彼落魄时不离不弃，终了只落得"同居"之名。连被抛弃都要妇孺皆知，满城风雨。

我的高贵揉碎在市井人的舌尖，低微如尘，狼狈不堪。

张道藩再次登门。一别数年，他身居高位，已无少时莽撞。

"张先生还画画吗？"

"俗务缠身，鲜有闲情逸致。上次你我欧洲见面，我曾画一幅海棠，现终得机会送与你。"

"张先生有心。彼时气盛，负了张先生一片心意。"

"我只想今后在旁照顾你，莫让风雨残了一株海棠。"

千疮百孔之际，蓦然回首，那人却在灯火阑珊处。

我把道藩所赠海棠挂在客厅，旁边是徐悲鸿与我脱离关系的声明。女人易为情痴，须时刻警醒，年华易逝，疮痍永在。

我绝不回头。

果不其然，几年后，徐悲鸿叩响我的门。

深情款款，自说自话。

"我那时年少无知，漠视卿之深情。"

"如今已和孙小姐断绝来往，再无羁绊。"

"人们说命中注定，我不信。这些年周游列国，方知我心下最惦念的，不过你一人而已。始信命中注定之词。"

"既非圣贤，孰能无过。十多年相守，你竟无一丝眷恋？"

"我潜心悔过，想与你重修旧好。碧薇，平生无所系，唯独爱海棠。"

…………

句句直抵我心。多年夫妻，他太了解我的软肋。

可是心冻三尺，非一日之寒。

冰释不易。

我指着墙上那纸声明，冷若冰霜："破镜难圆。"

徐悲鸿离去。

悲伤排山倒海地吞噬着我，我最终病倒了。

病床上的一个月，我常自问，倘若给彼此一个机会，会否有不同结局？我的满腔勇气，当真被岁月耗尽了吗？他真心悔改，我初心未变，不如重归于好。

没等我病好，徐悲鸿的启事又见了报：

> 兹证明徐悲鸿先生与蒋碧薇女士脱离同居关系。

5

同款启事再度登报，我心里没有震惊，只有可笑。

我该是欠了你几世情债，值得你三番五次中伤。你娶新妻，与我何干，何必示威般昭告天下？声明早年已发，如今又费口舌，何必！

你负我，我沉默，护你声誉，只换来你一再欺辱。

我忍无可忍，一纸诉状，对簿公堂。向徐悲鸿索赔，一百幅画，四十幅古画，一百万元。

他自是输了官司，只得赔付。

你不念旧情，我蒋碧薇绝不会屡屡忍辱苟且。

至此，我与徐悲鸿算是彻底恩断义绝。

八年后，徐悲鸿逝世，听说还揣着我当年节衣缩食给他买的怀表。

或许只是某种凭吊和缅怀，不是爱。

我却还是垂了泪。

道藩见我落泪，问我是否还对徐悲鸿念念不忘。

"这些年我们朝夕相处，算什么呢？"他声音里有凄凉的意味。

"道藩，等我六十岁，我就嫁给你。"

天不遂人愿。我五十九岁时，我们分开了。

道藩写回忆录，没有一字关于我。我不怨他。

他伴在我万念俱灰的时辰，借着他的半星温暖，我才涉过命运的深寒。对他，我只有感念。

分手十年，他病危，我去医院探望。

他意识已模糊，只说："海棠，海棠。"

> 昨夜雨疏风骤，浓睡不消残酒。试问卷帘人，却道海棠依旧。知否，知否，应是绿肥红瘦。

尾声

道藩离世后十年，我寡居台北，读书、写作。

台北温暖，有人情味。我凉薄一世，太贪恋微茫的确幸。剥落过往浮华的锈迹，结束一场无因无果的梦。

《圣经》上讲，上帝即是爱，宽恕不可宽恕之人，并且爱他。

我做不到。

于我而言，悲鸿的伤害不可宽恕，我等凡人，可以忘却，无法原谅。所作《我与悲鸿》，被指字里行间戾气太重，终是断不了嗔痴苦毒。

对于世事，我亦困惑。我等新女性私奔寻爱，留洋学习，与时俱进，仍被视同草芥，成下堂妻。

是女人之过吗？

说到底，世界是男人的，秩序皆由他们定罢。

我太老了，老到想不通透这些问题。我大约会背负这一生的迷惘，离开人世。

临终前最后一瞥，我看到了床头那张画。道藩的《海棠》挂于客厅，床头的这幅，是我十八岁那年，悲鸿送我的《海棠》。正如我这辈子，道藩只是过客，悲鸿才是归人。

知否，知否，应是绿肥红瘦。

盛爱颐（1900—1983），上海滩首富盛宣怀七女儿，人称盛七小姐。与宋子文相恋，遇父辈阻挠，无奈放弃。后家道中落，兄长欲独吞家产，其把三个哥哥告上法庭，终胜诉，成为中国第一起女权案。

Sheng
Qi
Xiao
Jie

盛
七
小
姐

宋子文初恋盛七小姐

当时只道是寻常

一九〇〇年，盛氏家族是上海滩第一豪门。

淮海中路的盛公馆富丽堂皇。宅前花园，遍生琪花瑶草。草坪三亩，置古船木秋千椅，砌汉白玉喷水池。高墙内外，迥然天壤。拾级而上，门厅廊柱支撑内藏式阳台，琉璃天棚镂下楚楚动人的斑驳日光。穿过门厅，即是四层主宅。首层客堂餐厅，卧室浴室分布其上。大理石穹窿，柚木地板，彩绘壁画，紫铜门窗拉手，空铸梅花窗栏。中西合璧，美轮美奂，可堪白玉为堂金作马。

彼年盛夏，公馆传出喜讯，盛七小姐出世。

我就是盛七小姐。

1

父亲盛宣怀志在匡时，胆魄卓尔，为李鸿章之股肱，协办洋务实业。一手官印，一手算盘，亦官亦商，左右逢源。母亲庄氏，出身常州望族，世代书香，簪缨传家。我含匙而生，是盛家掌上明珠，富贵自不是寻常人家女孩可比，规矩却也极严。

一九一一年辛亥革命，革了清廷之命，也革了力保大清的臣子之命。父亲转瞬成千夫所指，流亡日本。盛家四面楚歌，母亲运筹帷幄，终得保全。五年后，父亲去世，出殡仪式是一场胜似国葬的盛典。尽管如此，末世预感仍浓云不散，危如累卵。

盛家已不是从前的盛家了。

不过是旧时王谢。

山雨欲来风满楼。

每日晨起，我独坐草坪秋千读诗，总遥遥望见一位年轻人登门，西装革履，气度不俗，听说是四哥的秘书。四哥纨绔天性，夜夜流连灯红酒绿，白天日上三竿也不起身。秘书汇报工作却一向准时，似是克己之人。

多数时候，他在客堂独自等候，读报喝茶。母亲偶尔会来客堂和他说话。日子久了，我对他已有所了解。他叫宋子文，留洋归来，学识广博。盛家虽不似旧时荣耀，但能登得起盛家高门的，也非庸碌之辈。

"宋先生，听闻您留洋海外，想必英文定是出色，不知可否做我的英文老师？"

时代骤变，普天之下崇洋之风盛行。我虽是女子，却不愿拘于琴棋书画绣的女儿功夫，多些技艺傍身总是有益。

宋子文欣然答应，每天等候四哥的时辰，用来教我英语。

朝夕相对，我深感他志向凌云，非池中物。

"其实我很早就留意到七小姐，清晨总在草坪秋千上读书。不知读的是什么书？"

"是些诗词。我偏爱古文古诗，沉淀了千百年的情意，有种时光的沉香。"

"难怪七小姐气质古典。"

"整日学洋文，总觉得洋文表情达意，未免太过直接露骨，少了含蓄朦胧处。"

"宋某年少留洋，读诗不多，最钟爱苏东坡的《蝶恋花·春景》：墙里秋千墙外道，墙外行人，墙里佳人笑。笑渐不闻声渐悄，多情却被无情恼。"

我抬眼看他，他双眸间，尽是相思意。

"公子多情，怕要早生华发了。"

眼波流转处，云烟四起，顾盼倾城。

2

"这些天，你和宋先生走得挺近。"母亲斜倚在黄花梨贵妃榻上，看似漫不经心地问我。

"宋秘书来汇报工作，四哥总不起床。宋先生候着，顺便教我英文罢了。"

"学点洋文，见多识广，倒是好的。我身子一日不如一日，将来打点家业，还是得落在老四和你身上。"

"您还年轻，别说这些。"

"不年轻了，但还算耳聪目明。近来常听闻有关你和宋先生的闲言碎语，"母亲微微扬眉，"盛家的小姐，可不要妄自轻薄了身份。"语气沉肃，不怒自威。

此后，我托词不再向他学英语。盛家规矩严苛，父亲离世后，母亲精于治家，素来说一不二。我与他虽互生情愫，却是母命难违。

剪不断，理还乱。

我照例读诗，日复一日。

"七小姐，不知宋某是否有得罪之处，换来你连日淡漠以对。"子文未进客堂，径直走向秋千上的我。

我把诗书放在一旁，起身，浅笑："宋先生依旧早到。"

"我心依然，只怕小姐的秋千，已不似从前了。"

"先生是在怨我吗？"

"七小姐，我对你一往情深，你怎会不知？那么，我在你心里是何位置呢？多情却被无情恼，如今看来，宋某心意不过是一番庸人自扰。"

"宋先生喜欢这首词，该不会忘了这词里还有一句：天涯何处无芳草。"心底凄凄，杂陈汹涌，面上却佯作波澜不惊。

"你对我从未动过情吗？"子文注视着我，悲凉盈千。

"宋先生，庭院深深深几许。生在豪门，多的是情非得已。"我撇下他，回屋了。

母亲在客堂，正襟危坐。见我进屋，便牵我同回卧房，闭了门说话。

"我私下命人打听了宋先生的家世底细。"母亲说道。

"年纪轻轻，海外留学，家境应当不差。"

"此言差矣。宋先生家在广东，父亲是教堂里拉琴的。我们盛家是上海滩呼风唤雨的名门，门不当户不对，你们二人趁早结束。免得当断不断，必受其乱。"母亲态度决绝，不留余地。

"宋先生是能成大器之人。"

"看来，你对他当真是有意了。"母亲深深地望着我。

我走到母亲身边，握着她的手，动情地讲："姆妈，我生在盛家，正当妙龄，富家子弟追求者众，无人可使我动心。宋先生志存高远，有闯劲，肯拼搏，没有那些公子哥生就的傲慢和懒散，待我也真心。给彼此一个机会，总好过以门第之词拒绝。"

"我明白，能入你眼的人太少，且你也欣赏宋先生的兢兢业业。可是，你可知他姐姐宋庆龄嫁了孙中山？"

我满眼疑惑。

"若无辛亥年间，孙中山带领的那场革命，你父亲怎至于流落日本，盛家何以式微至此。你父亲是人臣，殚精竭虑誓保大清，本是尽了忠君本分。然而，历史从来都是成王败寇。倘大清尚在，孙中山等不过是乱臣贼子。大清既亡，革命党便将前朝位高权重之人置于死地。当年你还小，你父亲在日本，我携全家逃亡，家门上偷偷挂了洋行牌子，托洋人朋友暂住，这才保全盛公馆，未被没收洗劫。这些年来的世态炎凉、惊涛骇浪，我从未道与外人，却仍是不想，你与仇家共处一室啊！"母亲说着，竟泪眼蒙眬。

母亲一生坚毅果决，我还没见过她落泪。父亲辞世，母亲一介女流，力挽狂澜，在乱世的上海滩，撑起了整个家族。个中苦楚，远非等闲女子承受得起。

"这些心事切勿对外人言，毕竟清廷已逝，不要徒惹是非。对宋先生，只说门第不当便是。"母亲不忘叮嘱我。

在母亲有生之年，我和宋子文断断不能相恋了。

我是人间惆怅客，知君何事泪纵横。

3

"停车！"

四哥载我出门，半路被人拦下。也怪四哥张扬，给自己的豪车上了"4444"的牌照，所过之处，人尽皆知，盛老四到了。

"是谁撒野？"四哥问司机。

"拦车的是宋秘书。"

四哥看我一眼，意味深长。

"宋先生说，要和盛七小姐对话。"司机说。

"见不见？"四哥问我。

"何必再见。"我满目萧然，声音寂寂。

"走吧，绕开宋先生。"四哥指挥。

"宋先生执意要见小姐，不肯让道。车外已有多人围观，久了怕有闲话。"司机为难地说。

我下了车，站在门口。

他向我走来，目光如炬。

"七小姐，我不会放弃的。努力过而无结果和不努力就认输，我更不能接受后者。"

字字深沉，刻骨如也。

"说完了吗？说完我要走了。"

车门关上的一霎，我泪如雨下。

泪眼问花花不语，乱红飞过秋千去。

情深无益。

晚饭时，四哥说，已将宋子文调到武汉任职。

这段孽缘，也该断了。

终究是懵懂年华里，一场倾尽心力的初恋思慕，怎能不让我牵肠挂肚。我终日郁郁寡欢，茶饭不思。八妹见我日益憔悴，相约同去钱塘江观潮。

杭州桂花正盛，香甜怡人，满城的浓情蜜意。听人说，桂花寓意永伴佳人，只恐花愿好，人成各。

心灰意懒之时，看花满眼泪，徒添伤悲。

"七小姐，你好吗？"

钱塘江涛声呜咽，我隐约听到子文的声音。许是思念太用力，生了幻听。

忽然有人拥住我的肩。

我一惊，猛地回头，竟是宋子文。

面前站着的，是我朝思暮想，以为永世诀别不见的人。行到山穷水尽处，忽见得柳暗花明，眼泪瞬间盈眶。又怕泪蒙了眼，看不清所爱之人容颜，不敢任眼泪打转。到最后，多少爱意澎湃汹涌，悉数化作眼底一抹不胜凉风的娇羞，只是轻声说："你来了。"

我信他懂我的九曲心思。既是我良人，必知我情深。

他只是拥抱我，在我耳畔讲："对，我来了。"

远离盛公馆，我只是一个平凡的女子，用最虔诚的容颜，祈祷一场纯粹的爱恋，与名利、地位无关。

观潮，赏桂，望月。那几日，是我生命里最陶然的时光。

当时只道是寻常。

离杭赴沪那天，子文拿出三张船票。

"经姐姐引荐，我被孙中山任用，邀我赴粤。我要带你和八妹一起走。革命必将成功，我们一同去闯天下吧！"

我喜欢他志在必得的桀骜。时势造英雄。他志在千里，定会建功立业，有所作为。

可是，思及父亲的亡故、母亲的泪水、盛家的叹息，我实在无法与之共赴广州，与孙中山相见。盛氏庞然，却仅我与四哥是母亲所生，其余兄弟姐妹必不会对母亲尽孝。母亲辛苦一世，我怎忍见她晚景凄凉，无人顾念。

母亲在世，我便尽心伺候，不思嫁娶。母亲寿终正寝，我再嫁宋，也算未曾忤逆母上心意，可得两全。思前想后，我决心不随之南下。

我赠金叶子给他："我如今尚不可与你同去广州，赠君此叶以定情。古人说：'君心如磐石，妾心如蒲草。蒲草韧如丝，磐石无转移。'我在淮海中路盛公馆的秋千架，等你回来。"

他黯然神伤："纵使秋千依旧，怕红颜不似。"

"我七小姐既说了要等你，就一定会等。"

翌日，他起程去了广州，我们回上海。

我知道，这不是告别，而是开始。

茫茫碧落，天上人间情一诺。

4

二十七岁那年，母亲病逝。

盛氏家族呼啦啦似大厦倾。盛公馆雕栏玉砌犹在，只是朱颜改。至亲离世，身旁无人陪伴倾诉，痛苦愈加深重。

正当我心力交瘁时，四哥却坏了规矩。

四哥打算将遗产分与盛家几位公子和侄儿，把待字闺中的我和八妹排除在外。家族中，只有我与四哥系庄夫人亲生，一母同胞，相煎何太急！

我熟悉法条，依据民国男女平等的相关法律，未嫁女子享有与胞兄弟同等的财产继承权，四哥无权剥夺。

亲生兄妹，对簿公堂，何其凄凉。

最终，我赢了官司，分得白银五十万两。八妹亦如是。

过往浮华，宛若南柯。

世事一场大梦，人生几度秋凉。

盛家，已成倾巢。

山河依旧在，不见故人来。

上门提亲的人不少，我只是望眼欲穿地盼子文归来。

盼到的只有一则新闻：

　　1927 年，国民政府财政部长宋子文与九江富商张谋
如之女张乐怡喜结连理。

等闲变却故人心，却道故人心易变。

早年，我痛下决心，挥断情丝，屡屡拒绝，是你几度挽回，山
盟海誓，我才终下决心，与子偕老。谁承想，说过非我不娶的人，
一转身就牵了别人的手，许了她共白头。

昔日情分，信誓旦旦，皆是有口无心吗？

蒲草依旧韧如丝，磐石已斗转星移。

人面不知何处去。

我大病一场。五年后，潦草嫁人。

爱是一场费心费力的徒劳，燃尽初心，心已成灰。既已成灰，
又过了而立，徐娘半老，只求平淡度日。

一日午后，五哥来电，邀我喝茶。

走进五哥家客厅，沙发上坐着五哥、五嫂和宋子文。

我转身欲走。

五哥忙说："七妹，好久不来，怎么刚见面就急着走呢？"

我停下脚步，心想总不好拂了五哥的面子。再怎样不愿久留，也还是坐下喝杯茶再走。

"七小姐依然明艳动人。"宋子文凝视我说。

"宋太太怎么没一同来？"我冷口冷面，眼里尽是寒霜。心里天寒地冻，面上怎会桃之夭夭。

他登时错愕无言，很是尴尬。

我已不是当年心思透明的少女，眉眼间都是切切温情。此去经年，丧母之痛、兄长欺凌、恋人背叛、家族衰微，岁月的风雪把我磨得刻薄寡淡，无情则无伤情。

五哥解围："当年大家年少无知，想来彼此有些不悦。不过时隔已久，对儿时纠葛，也该释怀了。宋先生此行，专程看望七妹，我和你嫂子不便打扰，你们叙叙旧吧。"五哥五嫂起身，回里屋去了。

既然哥哥不在，我也无须顾及谁人颜面。

"宋先生好生坐着，我先回去了。"

"七小姐，一起吃晚饭吧。"

"不行，我丈夫还在家等着我。"说完，我拂袖而去。

如今，他高官厚禄，春风得意，再不是当年日日登门汇报工作的文弱书生。五哥敬他是人中龙凤，可我不屑攀附。

在我心里，他只是一个负心人。

夜来幽梦，常回那年江畔，高傲而坚定："我七小姐既说了要等你，就一定会等。"

可你，不值得我等。

5

我原想，此生与宋子文永无羁缠，谁知天意弄人，命运又将我们转作一处。

早年搬离盛公馆，令人在新居亦建一架秋千。

我喜欢秋千的自由，不似人生，有太多业障牵绊。

秋千院落落花寒。

陪儿女在秋千上玩耍，四哥来了。

当年为了钱财，法庭相见，心无芥蒂是不可能的。

"七妹，四哥是来求你帮忙的。"

几年不见，四哥白发苍苍，颇显老态，再无当年风流倜傥的少爷模样。我心里恍然漾出几许不忍。

"进屋说吧。"我让保姆看着孩子，带他进了屋。

"犬子被关了监狱，我和你嫂子急得团团转。能动的脑筋都动了，能托的关系都托遍，可就是不见放人。"

"犯了大错吗？"

"小错而已。时局动荡，抓人放人全凭权势者一句话。"四哥哀叹。

"我能帮你什么呢？"

"宋子文如今是国民政府行政院院长，位高权重，如日中天，和妹妹有旧。七妹如能给宋院长打个电话，事情就好办了。"

我心伤未愈，又听四哥相求，骤然愠怒。

"四哥不是不知，我与宋子文已一刀两断。当日在五哥家，如何不留情面，话已说绝，想必你也听说了。现在我再去求他，岂非轻贱自己？盛家的人，颜面荣辱是何等重要！"

四哥颓唐沮丧，黯然走了。

两日后，一个年轻女孩来访，说是四哥儿媳。这些年不相往来，一家人不进一家门，竟是未曾见过。

她跪倒在地。

"七姑母，如今只有你能救我丈夫，你若不帮我，我就长跪不起。"她梨花带雨，楚楚可怜。

我无计可施，只得答应。这两日，心下反反复复。毕竟是亲侄，不忍见死不救。

只是当初对宋子文不屑一顾，今日却要乞哀告怜。

世事无常。

"电话只打一次，成就成，不成，不许再来请求。"我冷若冰霜。

拨电话的时候，我双手冰凉。这么多年，他仍是我心里一根断刺。一触便痛，痛断肝肠。

没想到宋子文一口答应。

我担心空口无凭，夜长梦多，又说："我想明天中午跟我侄子吃饭。"

"七小姐开口，没有宋某办不成的事。"

次日中午，四哥的儿子果然获释。

四哥感念我不计前嫌，出手相助，设宴款待全家。分崩离析的盛家今又重聚，琉璃光盏，觥筹交错，依稀可见往日气派。只是物是人非事事休，欲语泪先流。

我想，宋子文是念我的，不然也不会轻易应允我的请求。今生擦肩而过，与其说情深缘浅，不如说未尽人事。倘若我敢跟他走，又或他情愿守诺，必不是劳燕分飞的戚戚。说到底，我们都更爱自己，却高估了对方的情义。以为此时此刻的偏爱即是永恒，仗着零零星星的垂怜，便有恃无恐。他是政客，我不知他娶富商之女，是出于爱，还是其他考虑。我只知道，在他心里，盛七小姐永远有一席之地。

断肠声里忆平生。

我把杯中酒，一饮而尽。

吕碧城（1883--1943），安徽旌德人，出身书香门第，被誉为"近三百年来最后一位女词人"，与秋瑾并称"女子双侠"。中国第一位动物保护主义者，中国新闻史上第一位女编辑，开创近代教育史上女性执掌校政之先例。终生未嫁，晚年皈依佛门。

Lü
Bi
Cheng

吕
碧
城

民国第一才女吕碧城

莫待无花空折枝

1

我是江南人，因父亲任山西学政，出生在太原。

这是一座老城。

在北方的黄土之上，活了两千多年。

保守，厚重，凛冽。

一草一木，皆是历史。

如果说，红粉江南，钟灵毓秀，多出清丽婉约的雅士；那么在我出生的城，黄土贫瘠，朔风惨切，高墙深院里，有太多悲凉和苦难。文人笔尖，蘸了历史苍凉的眼泪。

十二岁那年，我填了一阕怀古词。父亲友人樊樊山读罢，拍案称绝。说行文厚重洗练，曲笔用典，情怀广阔。得知此篇"夜雨谈兵，春风说剑"之语，出自芳龄十二的小姑娘之手时，无论如何难以置信。

父亲将我引荐给这位素有"才子"美称的前辈，前辈对我颇为看重，逢人辄称道。

因着自身才情和父执辈揄扬，我年少成名。

人道是："绛帷独拥人争羡，到处咸推吕碧城。"

2

世事莫测，旦夕祸福。

我十三岁（一说十二岁），父亲溘逝。

吕家一母四女，孤苦无依。

族人觊觎家产，竟唆使匪徒劫持母亲。母亲姊妹皆柔弱，只有我能撑起这个家。

为了救母，我四处奔走。凭着初生牛犊不怕虎的胆识，给父亲曾经的同僚、友人、学生写信求援，字字恳切。所幸诸位长辈念及家父往昔情谊，又怜我们寡母孤儿，纷纷出手相助。

几经周折，救出母亲，保全财产。

母女团聚，喜悦才上眉梢，我却收到婆家一纸退婚书。

我幼时与汪家定亲，只待成年，便是汪家媳妇。

我曾无数次幻想我的婚姻。自幼通诗书，当然早慧。该是倚门回首嗅青梅的含羞不语，或是赌书泼茶道寻常的情投意合。若有小别，我会否为伊消得人憔悴，又有巴山夜雨的归期之约？

可是，姻缘凉薄，经不起我深情揣测。

那些浓情蜜意，只合作诗下酒。

生活常态还是狰狞。

汪家传过话来："吕三小姐小小年纪，就能呼风唤雨，日后过门，怕难管束。倘不如意，无端惊动了官府，我们汪家担待不起。"

我苦笑。

所谓"呼风唤雨"的能力，不过是迫不得已。若有依靠，谁不愿对镜贴花黄？若有奈何，谁愿扛起满世风霜？

巾帼刚强，是因为除了刚强别无选择。

身为女子，弱则无以立世，强则为男子敬而远之。

岂非相悖？

我被退婚，满门蒙羞。"才女"盛名之下的自尊心，连同豆蔻年华对婚姻的期待，一并碎了。

从此，无心爱良夜，任他明月下西楼。

3

不久，迫于生计，我们全家投奔舅父。

在舅父家，一住就是六七年。

我二十岁，生了入女学堂的想法，却被刻薄守旧的舅父严词阻拦。我一时激愤，离家出走，去了天津。

在津举目无亲，得知舅父秘书的夫人在《大公报》任职，尽管关系错综遥远，但也不得不写信求助。

阴差阳错，这封信被《大公报》总经理看到，他惜我文才，当即聘我为见习编辑，我欣然上任。

我早年丧了父亲、失了夫君，失去的太多，对半分半毫的得到，都深以为侥幸，但凡有一线机会，总是牢牢抓住。

世人赞我英勇，我不过是因尝过被剥夺的辛苦，所以格外珍惜命运的每一次垂怜。

而后，我在《大公报》屡登诗词，多为宣传女子解放，一时声名鹊起。

我永远不会忘记，六七年前的那个小姑娘，面对无情退婚和街坊羞辱，是怎样惊惶无措，饮下泪中灼烫的爱憎，度秒如年。

只因她能"呼风唤雨"。

千百年来，烙在女人身上的疼痛太深。男女平等的一日，或许翌日到来，抑或永不会来。

一九〇四年五月某天，馆役来报："来了位梳头的爷们儿。"

我见此人，男装拥髻，长身玉立，风度翩然。

"我是秋瑾。"

秋瑾与我乃同道中人，不是爷们儿，是极力倡导"男女平权"的女子。她在《大公报》上看到我的诗作，慕名来访。

我们同坐案几，谈妇女的压迫与解放，谈只有"大丈夫"而无"大女子"、只曰"英雄"却无"英雌"的不平，从日上三竿谈到日暮沉沉，共进晚餐后又同榻夜话，不知东方之既白。

"你我二人，身不在男儿列，心却比男儿烈。我将启程赴日本，投身革命，你可愿与我同行？"秋瑾问我。

"女子的觉醒势必与革命相系吗？"我反问她。

"一切革新皆须流血。水激石则鸣，人激志则宏。为此，万死不辞。"她双眸迥然。

"非也。我等所作所为，皆是为了普天之下女子的福祉。暴力革命带来的是痛苦，而非解放。不如以笔代枪，开启民智为先。"

她面色严肃，微微蹙眉。

显然，我们意见相左。

同是争取妇女地位，她主张革命，我主张教育。一为他救，一为自救。她认为铲除外界压迫刻不容缓，我却以为女人的自我压抑更加可怕。

倘若女人自己心中没有对独立自由的强烈渴望，即便血流成河又有何用？怕只怕到头来，只争得男人同情之下的妥协退让，到底带着强者居高临下的用心，施以半分怜悯的哄逗。

政见不同，我们闲话家常。

秋瑾问我，日后成婚，愿嫁与怎样的男子。

"我不看重资产门第，独独看重文学功夫。我才情倾城，自是心高。他日择婿，必当与我才华相当，甚或在我之上。"

秋瑾望着我，若有所思。

"你我一见如故，恕我直言。你少时未享父亲慈爱，后来又遭夫君遗弃。你当真是心高孤傲，无人入眼；还是心下惶恐，无力相恋？"

从未有人这样问我。我错愕惊诧，一时无言以对。

谁愿相信自己在感情上是不完全的人。

4

秋瑾走后，北洋女子公学成立，我任总教习。两年后，学校更名为北洋女子师范学堂，我任监督（即今校长）。

其间，秋瑾回国，依旧为革命奔走。我尽心教育，殊途同归。

一九〇七年，秋瑾联络起义，消息泄露，被清军逮捕。七月十五日遇害，年仅三十二岁。

秋瑾罹难，无人敢去收尸，我冒险安葬了她，又以英文写就《革命女侠秋瑾传》，发表在美国报端。

在遍地狼烟的暗夜里，遇见秋瑾，是我之幸。

时局动荡，国难当头，我们不屑作伤春悲秋的哀辞婉句。我们洞见女性的悲哀、历史的裂痕，虽是女儿身，却一心平天下。多年后，我与诸多名媛齐名几大"才女"云尔，皆不能使我欣悦。唯有与秋瑾并称"女子双侠"，令我深深以之为傲。

于我们而言，文辞绮丽为浅，心怀济世为重。

任人嘲笑是清狂，痛惜群生忧患长。

愿君手挽银河水，好把兵戈涤一回。

清政府认定我是"秋案"同党，要求批捕，幸亏袁世凯暗中斡旋，此事才不了了之。

据传，袁曾对欲缉拿我之人讲："吕碧城是我为天津公立女学堂聘来的新学人物。若仅与秋瑾有书信往来，就是同党，就要抓人，那我与吕碧城旧时相识，也通书信，莫非连我也要一起抓？"

因这一句话，我才幸免于难。

知晓此事，我即刻入袁府答谢。

一九一二年，我出任袁世凯总统府机要秘书，后为总统府咨议，常怀涌泉报恩之意。

年近而立，依然未嫁。

时人赞我"冰雪聪明芙蓉色"，倾心者众，自是不乏富家子弟和各界名士。

然许芳心的仅有三人，偏皆无相许的可能：梁启超已安妻室，汪精卫年岁尚轻，汪荣宝亦有佳偶。

天下可称我心者，都如镜花水月，望而不即，少不得叹一句"相见不逢时"。

任袁世凯秘书时，袁世凯二公子袁克文常为我作词，词句颇有情致。我心有所感，亦与之唱和酬酢。

友人欲从中做媒，我又顿生抗拒。

"袁家公子哥儿，只可在欢场中偎红依翠罢了。"

袁克文风流倜傥，花花公子之名在外，况我长他七岁，色衰而爱弛，不可托付终身。

午夜梦回，衾寒枕冷，只与落寞相拥而眠。

恍然忆起秋瑾之言，到底是心高孤傲，无人入眼；还是心下惶恐，无力相恋？

我一世聪明，却答不了。

如今，秋瑾已故去多年，想来无人懂我心意。

知音少，弦断有谁听。

5

一九一五年，袁世凯蓄谋称帝，野心昭昭。我无法顾念昔日之恩，毅然辞官，移居上海。经商两三年间，财源广进，资产可观。尔后，赴美国哥伦比亚大学留学，漫游欧洲列国，在维也纳发表世界演说。归国后，著书立说，以期与国人共观欧美。

我素来聪慧。从政、经商、留洋、撰文，事必成功，为业之翘楚。

像一本书，正着读，是繁花似锦的风光无限，背面却沾满心酸，爬着书蠹。

都云作者痴，谁解其中味。

四十七岁时，我正式皈依佛门。

一身缁衣，把红尘放下。揽十里桃花，闲话桑麻。

我曾问谛闲法师："弱水三千，如何只取一瓢饮？"

法师沉吟："本来无弱水，何处问浮沉。"

遁入空门多年，成了真正的"槛外人"，我才懂得法师禅语的深意。

我曾以为，自己是在三千弱水的选择里迷失的，殊不知眼见的众相背后，尽是虚无。

我从来没有过选择，因我根本无力去爱。

年轻时，失了父亲和丈夫的依靠，凭一己之力，对抗生活的疾风骤雨。在那个年代，抛头露面的女子，所受的流言与诋毁，外人实难想象。在"到处咸推吕碧城"的盛名之下，风口浪尖上的人，一不留神就成了众矢之的，臧否向来双生。市井人茶余饭后油腻腻的揣测，暧昧而惨淡。我声名大噪之初，不过二十出头的年纪，心智尚不成熟，活在盛大的毁誉里，为名声所累。一颗冰心，早就百孔千疮。

多年以来，我习惯了战斗的姿势。

满腹经纶，让我得以改变世界，却奈何不了心。

太少感受上苍施舍的善意，又太多才智去怀疑人情。我有足够的智慧面对生活的困厄，有足够的勇敢尝试每一次机遇，却无足够的爱意，去爱这个世界和身边的人。

年近半百，才懂得秋瑾当年所说，我是"心下惶恐，无力相恋"。

心平气和地接受他人的良善和亲密，于我，竟非易事。

人人都说，才貌双全的吕碧城心高气傲，世间无人可入眼。

其实，我不过是恐惧。

我敢直面歹徒，苦心救母，孤身赴津，闯荡天涯。我敢走向刑场，安葬秋瑾，作诗痛斥慈禧，赢得生前身后名。我敢孑然一身漂洋过海，站在欧洲的讲堂前盛装演讲，在洋人惊叹的目光里掷地有声。但我不敢袒露心扉，与人相恋。我害怕，害怕分离与背弃的重演，害怕再度沦为"弃妇"，受尽羞辱和冷眼，心如枯井。

外表繁盛而孤傲，内心却总是一个胆怯的小姑娘，对爱情，无能为力。正如我十几岁时，面对一纸退婚书，情如惊弓之鸟。所谓与梁启超相逢恨晚，和袁克文逢场言欢，是以求而不得的借口，掩饰自己内心的惶恐无力。

花开堪折直须折，莫待无花空折枝。

浮生一片草，岁月催人老。于爱情而言，错过了好年华，便是错过一生。

我在红尘之外，一步一莲祈祷。祈祷来世化为柔软的女子，顾盼之间，云烟四起，倾国倾城。

然后，与你相遇。

孙荃（1897—1978），原名孙兰坡，郁达夫原配。嫁郁达夫后，改名荃。后郁达夫移情别恋，婚姻破裂。郁达夫为抗日捐躯后，倾力教导子女勿堕乃父殉国之志，余生在思念中度过。

孙
荃

原配忆郁达夫

曾因酒醉鞭名马，生怕情多累美人

1

一八九七年，我出生在富阳县宵井的一个小村镇。

父亲屡试落第，弃了仕途从商，成富甲一方的乡间地主。我上过私塾，懂些文墨，又兼家境富裕，十几岁时，被宵井的贵公子、阔少爷争相追逐，登门求亲者络绎不绝。

三千弱水，匪我思存。

我嫌他们土头土脑。虽生在乡下，但我深恶这些不通诗书、周身山野气息的凡夫俗子。腹有诗书气自华，我到底盼着读了书、嫁了人，能脱了这深厚的土气。顶好是连名字一并脱了去，再不要叫这伴了我十几年的孙兰坡。

年复一年，竟拖到二十岁，仍无一人般配。

母亲心急，顾不得门当户对，听说县城郁家公子与我年纪相仿，现在东洋留学，可堪婚配。只是家无恒产恒业，破落乡绅之子，家底单薄。

我不在乎这些。

富贵本如浮云，要紧的是才学见识。

郁家老太太托人捎话来，邀我得空去城里小住，想来是要探探我的容貌谈吐，合不合心。

我向来不喜打扮，及腰乌发梳成两股辫，素面朝天，清清爽爽地去了。

刚进郁家门，我便深深地迷恋上这个地方。老式楼房古朴典雅，坐落在富春江畔，凉风习习，有种与世无争的静好。

一间让我有家的感觉的老屋。

郁家母亲喜欢我，说我生得丰腴，日后定会多子多福。

一九一七年，订婚。

从此，他便是我的丈夫郁达夫。

2

沅有芷兮澧有兰，思公子兮未敢言。

我心心念念，等待达夫归家，祈盼一场盛大的婚筵。

十里桃花，凤冠珍珠，挽进长发。檀香拂过，玉镯弄轻纱，笙箫声动，嫁娘若朝霞。

达夫迟迟不归，我写诗寄给他。

风动珠帘夜月明，阶前衰草可怜生。

幽兰不共群芳去，识我深闺万里情。

不久，他回信，让我等："此身未许缘亲老，请守清宫再五年。"

我心里凉成一片深海。

五年，我等不起。

孙家女儿大龄未嫁，已是乡间笑谈，父母辛苦半生，挣得大户人家的脸面，我不能使他们蒙羞。郁老太太知我难处，家书催婚。

一九二〇年季夏，喜结连理。

红盖头掀开的一霎，我泪如雨下。

达夫到家后，见过我，定下规矩："婚礼一切均从节省，拜堂等事，均不执行，花轿鼓手，亦皆不用。家中只订酒五席，分二夜办。"

成亲的傍晚，乱云飞渡，红霞满天。富春江心，野渡无人舟自横。一乘小轿，抬我进郁家庭院。没有证婚媒人，没有高朋满座，没有红烛花炮，没有拜堂结发。

一切无声无息。

万家灯火与我无关，我只守着心里的一点空寂。我期盼的婚姻，面目全非。

独坐洞房，听到隔壁达夫与婆婆讲话。

"想到此生都要和那个荆钗布裙、貌颇不扬的乡下女子同度，我就心有戚戚。未来究竟是什么样子，我是连想也不敢想的。"

"以郁家境况，孙家千金肯嫁，是你的福分和造化。你若有非分之想，实是情理难容。再说，母亲老矣，也需要有人照护了。"

门吱呀一声推开了。

他走来，潦草地掀了盖头。我的泪水再抑不住，夺眶而出。或许是不爱。你若当真爱我，怎会不愿天下皆知你已娶我为妻？所谓低调从简，不事张扬，都是不爱的借口。初见时，我清汤挂面，素来不信情意靠浓妆，却成为你口中的"荆钗布裙，貌颇不扬"。千挑万选，竟择了一个待我如此凉薄的男人。

你不敢思量未来，我又何尝不是？

这场婚姻，注定举步维艰。

在爱情这件事上，女人永远比男人勇敢。

该面对的总归要面对，日子还是要好生过。

翌日清晨，我收拾好心情，去给婆婆斟早茶，算是新妇之礼。

我知丈夫不爱我，但我倾尽温柔待他，尽心打点郁家上下，他总应有点感念和爱怜。

除此，我别无他法。

达夫生性敏感多情。朝夕相处，同枕共眠，对我渐生依恋。

假期结束，他起程去日本。临行，为我改名为孙荃，赠诗一首。

赠君名号报君知，两字兰荃出楚辞。

别有伤心深意在，离人芳草最相思。

我很小的时候，就深恨孙兰坡这个土里土气的名字，如今终于脱去。

只是脱得了名字，却脱不了旧式村妇的命运。

云树遥隔，不知他在日本，是否依然念我?

雁过池塘书不落，满天明月独登楼。

3

我以为，凭着苦心经营，这段姻缘总该善终。

没承想，却一次次肝肠寸断。

达夫回国后，到安庆教书，我陪着去。他起早贪黑，很是辛苦。每晚深夜才到家，东方泛鱼肚色时就匆匆离去。有阵子忙，索性住在学校。

做妻子的，总是心疼。

当地人爱喝老鸭汤，邻家大姐说，天麻老鸭汤安神增智。我想达夫教书费脑，打算跟邻家大姐学着做，做好了给他送去学校喝。

纱布袋包扎好天麻和首乌片，丢进锅跟老鸭块一起煮，葱姜蒜做辅料。忙忙活活地煲了一整天，眼看日头偏西，我赶忙换衣裳，抱着老鸭汤煲往学校去。

三寸金莲走不快，又想让他趁热喝，一路歪歪扭扭，小心翼翼。

像是捧着我的心。

到了学校，一个人影也没有。

守门人说，近来入冬，已无人住校。我赶紧回家，家里空无一人。这年头动荡不安，难不成是被抓了去？

我找遍了整个安庆城。

我没见过世面，也不认识什么人，只能挨家挨户敲门去问。有人说，你去城门洞等他吧。我顾不得说话人的神色暧昧莫测，站在城门洞里，挨了整夜的寒风。

心里坚定地只剩一句话，若他有不测，我也不苟活。

鸡鸣了，城门开。

达夫背对城门，站在一缕曙光里，翩翩然宛若天人。

我趔趄着走上前，站太久，脚麻了。

达夫对面，站着一个女人。

柳叶眉，肤胜雪，一汪秋水，顾盼含情。这个女人很美，才子佳人在黎明深处惜别很美，不美的只有我一个。

我扭头就跑，竟像是我犯了错，跌跌撞撞逃回家，生怕有人撞破我的狼狈。在我一厢情愿地守候在城门洞里的时辰，担惊受怕甚至想过殉情的时辰，他们正两情相悦良宵短。而当我看到龌龊不堪与人偷情的他时，竟只会逃离。

一向如此，爱得怯怯。

人生是莫大的讽刺。

天麻老鸭汤凉了。

我的心也凉了。

风一更，雪一更，聒碎乡心梦不成，故园无此声。

才子郁达夫和妓女海棠姑娘的韵事，在街头巷尾传遍。

在情变和流言面前，我只懂得逆来顺受。

他大约很喜欢美丽的女子，楚楚动人的身姿，我见犹怜。我歆慕她们天生丽质，可美貌这种东西，不是单凭努力就能得到的。正如爱情，我那么努力，总有一天，还是付诸东流。

我有些厌恶自己，貌颜不扬的自己。

在彼时的忧患中，我怀孕了。

这个孩子，会是我婚姻里的转机吗？

4

郁达夫的多情甚至滥情，已无药可救。

从安庆到北平，海棠换成银娣，相好的情人，都不是清白姑娘。

一九二七年，郁达夫已成家喻户晓的大作家，可他仍没放弃情爱，开始追求王映霞。

听说王姑娘年方十九，容色倾城，是杭州第一美人。

为了这个女人，他彻底离开了我。

一九二八年初春，郁达夫和王映霞在西子湖畔举行婚礼，名动苏杭。人道是，富春江上神仙侣。

想起我悄然无声的婚礼，恍如隔世。

我最终没赢得他的爱，还赔上了自己的整个人生。

夜凉如水，你会想起八年前，娶我的日子吗？

我知你不会。永志不忘的，唯我一人而已。

那个夏日傍晚，乱云飞渡，红霞漫天。

及尔偕老，老使我怨。

我曾以为孩子的到来，会是我婚姻的破晓。

可是我错了。

分居时，三个孩子嗷嗷待哺。文儿两岁多，熊儿一岁多，胖妞几个月。为人父者，心头可曾有一丝留恋眷顾？

妻子、幼孩、名誉，若为新人笑，皆可抛。

我带儿女回富阳郁家，跟婆婆同住，守斋吃素，诵佛念经。

三年后，郁达夫回来了。

大约是与新妻不睦，见到久别的我们，分外激动。

"荃儿，我回来了。"他紧紧握住我的手。

我狠狠地挣脱他："荃者，所以在鱼，得鱼而忘荃（古同"筌"）。你为我起的名字，的确妥帖。"

他眼眸里的光暗了。

这些年，他屡屡见异思迁，终了抛妻弃子，我怎可原谅？我不是钟无艳，做不到招之即来，挥之即去。多年来婚姻不幸，只教会我一件事，就是给自己留点尊严。

他既然忍心背叛，我必不会在意你的忍负和颜面。女人的爱意怯怯，忍辱偷安，只能换来肆无忌惮。

我和孩子同住，把他安顿在楼下西厢房，在卧房门上，贴"闲人莫入"。

做饭时，却又不自觉地做他爱吃的菜。

像某种习惯，甩不掉。

爱已没了，牵挂还在，最疼。

我常想，如果当年，嫁给踏破门槛前来求亲的某个乡间阔少，必不会一生动荡。就在宵井，做少奶奶，衣食无忧。生一群孩子，安然度日。仍叫孙兰坡，不去安庆，不去北平，不被丈夫轻视，说什么"貌颇不扬"。我会如愿有一场闹腾的婚礼，大人们嗑瓜子，小孩子吃喜糖，高唱"新娘子，抬轿子，抬到半路绊高子"的童谣。

可我统统不要，偏要所谓的才华。

而他要的美貌，我没有。

婚姻是一场交易，彼此各取所需。若我早日勘破，如何会沦落到如此田地。

几回魂梦与君同，离人苦，总轻负。

5

一九三七年，日本人全面侵华。烧杀抢掠，惨绝人寰。一座又一座城变成废墟。尸骨累累，黄沙漫天。

灾难和血腥穿城而过，每个中国人都毛骨悚然。

恐惧洞穿人心。

每个老百姓的命运，似乎在一夕之间，都与国家存亡系在一处。一向只操心家长里短的小人物，卷在历史洪流的伤口里，身不由己。

谁家婆媳失和、妯娌反目，谁家分家不均、闹上公堂，谁家红杏出墙、贻人笑柄，这些平日里大过天的琐事，在一场民族浩劫面前，都失了声。只有头顶盘旋的轰炸机，身旁爆破的手榴弹，还有行尸走肉般的流亡逃难。

此刻，我看到了郁达夫。

报纸上，登着他热血澎湃的文字："我们这一代，应为抗战而牺牲！""文化人要做识风浪的海鸥，敌国内既无可调之兵，国外亦无存聚之货，最后的胜利，当然是中国的！""中国绝不会亡，必成必胜的信念，我们绝不动摇！"

在颠沛流离的硝烟里，看他铿锵有力的文字，我满心骄傲。到底是嫁了一个才华横溢的人，心怀民族大义，国难当头，以笔当枪。

或许他在婚姻里，是失败的、丑陋的，但在这样的年头，在民族危亡之际，个人悲欢已无足轻重。他为抗战奔走呼喊，鼓舞举国上下的黎民百姓。在中国、新加坡、印度尼西亚，不管身处何地，他都是抗日脊梁。

郁达夫是英雄，是值得被历史记住的人。

一九四五年九月，郁达夫被日军秘密杀害于苏门答腊丛林。

我和孩子们抱头痛哭，想起他早年写过的诗：

> 看来要在他乡老，落落中原几故人。

尾声

与达夫分开后，我终生未嫁。

在战火硝烟里，独自抚育孩子，给他们读达夫的文章和诗词，教其勿忘乃父之志。

抗日战争前，我对达夫是怨恨的，怨他用情难专，恨他为逐新欢不惜妻离子散。但抗战时，在血肉模糊的底色里，他凛然无畏地立于时代深处，宁折不弯。孩子们应该知道，他们的父亲，是民族英雄、爱国志士。相比之下，我心里的委屈酸楚，不值一提。

既是英雄，便不该被儿女情长定义。

炮声轰鸣的日月里，孩子们读着达夫的诗句入眠。

曾因酒醉鞭名马，生怕情多累美人。

劫数东南天作孽，鸡鸣风雨海扬尘。

悲歌痛哭终何补，义士纷纷说帝秦。

郭布罗·婉容（1906—1946），达斡尔族人，满洲正白旗，中国末代皇后。后遭溥仪嫌怨，吸食鸦片度日，孤老狱中。

Wan
Rong

婉
容

末代皇帝溥仪正妻婉容

北方有佳人

奉天承运，皇帝诏曰：郭布罗·婉容，乃内务府大臣郭布罗·荣源之女。毓质名门，生来华贵，温婉淑德，娴雅端庄。兹仰遵慈谕，以金册金宝，立尔为皇后，为天下之母仪。钦此！

中国历史上，最高贵的女人有二：一是女皇武则天，一是西太后慈禧。

我曾以为自己有机会成为她们。

殊不知，命运让我流离一生，狱中孤老，死无葬身之地。

我是中国历史上最后的皇后，婉容。

1

父亲官居高位，达斡尔族，正白旗。

母亲爱新觉罗氏，乾隆皇帝后人，正黄旗，排行第四，人称"四格格"。生我时患了产褥热，英年早逝，姨母"二格格"将我养大成人。我继承了母亲明艳妩媚的眉眼，性子却似姨母般担当果敢。

如诏书所言，生来华贵。

辛亥革命后，清廷式微，宣统帝溥仪逊位，仍居紫禁城。

十六岁那年，我受封为皇后。

大清虽亡，皇室婚礼，盛丽依然。

我们满人成婚，皆是夜行。寅时入宫，风清月白，九霄朗朗。

浩浩荡荡的銮仪卫护送凤辇，行至帽儿胡同郭布罗府，停在内堂正厅，面朝东南。

我穿龙凤同合袍，梳双髻，戴双喜如意簪。盖上红盖头，手捧一只苹果，由人牵着升入凤辇。凤辇里有藏香的味道。

不准家人陪伴，只有父亲跪在府外红毯送行。

从此，我不再是郭布罗家族的女儿，而是满人的皇后。

谁家今夜扁舟子，何处相思明月楼。

我的人生，就此开始了。

京城街头，灯火通明。

熙熙攘攘的人群通宵不眠，只为一睹皇家婚仪。

到了坤宁宫，过火盆、马鞍，福晋接了我手中的苹果，换成宝瓶。进喜房，盖头被小心翼翼地掀开。

我见到溥仪，瘦削、白净、弱不禁风，眉目间又有凛然威仪。

我忽然感到很好笑。就像一个英雄虎胆的人，偏偏生了白面书生的模样。又像一个人，满肚子洋玩意儿，却不得不天天马褂长袍。总归是别别扭扭地困在一个套子里，挣不脱，又不安生。

"美人如玉。"溥仪对我说。

我是整个皇族里出落得最俊俏的姑娘。不然，也做不得皇后。

揭下盖头，我四下打量这间婚房。逼仄的空间，没有陈设，屋顶墙面尽被涂成红色。龙凤喜床几乎占了房间一半，床上鲜红的锦缎被褥，绣着龙凤呈祥。正中一只宝瓶，内有珍珠、宝石、钱币、五谷，四角各置一柄如意。

溥仪坐在我身旁，面色严肃："朕如今有了一后一妃，若不是闹革命，应开始亲政了。"

说罢，扬长而去。

洞房花烛夜，我独守一汪红烛，挨到天明。

窗外，月西沉。

可怜楼上月徘徊，应照离人妆镜台。

2

翌日，东暖阁坐满前来贺喜的各国使节，都是深眼窝、高鼻梁的洋人。

时代不同了，从前叫"朝见"，现在叫"会见"。

我第一次以皇后身份公开露面，梳最隆重的两把头，发髻高高，缀满绒花。头饰很重，压得我几乎走不动道。我恍然感觉自己项上的，除了脑袋，还有许多其他东西。

一众丫鬟扶我走入东暖阁，缓慢而端庄，步步生莲，仪态万方。

洋使节及夫人们都说，从没见过如此高雅的中国皇后。

我和溥仪都懂英文，这场会见交谈甚欢。

晚宴过后，照例看戏。

庆贺新后入宫，紫禁城的大戏，足足唱了三天。

最后一日，梅兰芳和杨小楼演《霸王别姬》。梅兰芳已是誉满京城的名角儿，还未开腔，已引得众人瞩目。

汉兵已掠地，四面楚歌声。君王意气尽，妾妃何聊生！

"虞姬"唱罢，自刎，举座潜然。

一个声音冷冷地说："大婚之期，演《霸王别姬》，气数将尽了。"

我循声望去，看到一个头戴金簪玉簪的年轻女子，细眼、硕嘴、左颊一粒黑痣，模样甚不好看。

贴身丫鬟在我耳旁低声说："这是淑妃。"

身为皇后，自是不许"气数将尽"之类言辞惑众。

"淑妃妹妹，何必出此不祥之语。"

"这都什么年头了，还姐姐妹妹，皇后妃子分得那么清，自欺欺人。"

她面露愠色，愈发丑了。

我微微浅笑："妹妹头上的两柄簪子真不错。"

她得了意，眉头稍见喜色，伸手抚着簪子上的流苏，"皇上昨儿赏的。"

一面说改朝换代，不分后妃，一面又对皇帝的赏赐喜形于色，可笑至极。妃嫔的发簪，原本依时节而改，冬金夏玉，她却同时戴金簪和玉簪。想来定是贫苦人家的女儿，初入宫，没见过什么世面，也听不出我言语间的嘲讽之意。

散了戏，我回住所储秀宫。

"那淑妃什么来历？"我问下人。

丫鬟们七嘴八舌。淑妃名文绣，四处借钱筹了白银五十余万两，买皇后之位。本是钦定的皇后，终因血统不正、出身卑微败北，成了妃，对我心怀嫉恨。入宫前，住贫民区，靠纳袜底为生。迎娶她时，皇室嫌她娘家是寒门小户，怕人笑话，安排她提前入住旧吏部尚书府，自此出嫁，以抬身份。

真真假假的传言，自是信不得。我只是懂了她的嗔怨。贫寒而貌丑的女人，为皇后之位拼尽全力。得到了，是锦衣玉食的另一重天；得不到，便退回到寒门原点，余生只有挣扎和冷眼。没有退路，所以没有底线，每一步都战战兢兢，穷凶极恶。

对这种人，我一向避而远之。可后宫是这样一个神奇之所，让五湖四海、三教九流的人，不得不同在一方屋檐下，为争一个男人的宠爱而攻心斗法、头破血流，躲又无处可躲。

宫门深似海。

3

"皇后，皇上连日来对我不闻不问。我堂堂一个皇妃，吃穿用度，免不了开销大些，手头太紧了，也有损皇家颜面。"许久不见淑妃，一登门也不请安，只是向我要钱。

"这一百两你拿去用，不够再取。"

此后，淑妃每隔一阵子，便会到我的储秀宫来，以"请安"之名讨要银两。

溥仪欣赏我通英文、见识广，会见洋人时，总带着我。平日里，偶尔领他的洋教师来储秀宫，给我讲西方的风土人情。

"这苏格兰老夫子给我起了个洋名，叫亨利。"溥仪对我说，又转向洋教师，"老师也给婉容起个外国名儿吧。"

洋教师满脸笑容："英国曾有位女王，叫伊丽莎白。皇后气质高贵，这名字正合适。"

"女王伊丽莎白，相当于外国的武则天吧？"我笑着问，大家都开怀笑了。

门口忽然传来一声冷笑。我望过去，淑妃带着丫鬟，气鼓鼓地转身离去，也不问安。大抵是见我和皇上亲近，怒火中烧。

没过两天，硬是让溥仪也给她请了英文教师。

东施效颦。

若我此生终日困在波涛汹涌的后宫里明争暗斗，倒是万幸。

时值大争之世，入宫未及两年，便遇"逼宫"。

溥仪、我、淑妃，悉数被赶出皇宫，携部分银两和少许衣物，住亲王府。后又遇变故，迁往天津静园。

一幢三层楼白色洋房，溥仪与我住二楼，淑妃在楼下。

不必说，她又醋意丛生。

我不由得想起某年元夕，溥仪正在我宫里有说有笑，下人匆匆来报，说淑妃要用剪子捅小腹自尽。争宠到这步田地，已是山穷水尽，背水一战。没承想惹恼了溥仪，"她惯用这伎俩唬人，谁也不要理她！"溥仪愤然呵斥。

淑妃碰壁，自知无趣，不敢再以自尽相要挟。下人们笑话她偷鸡不成反蚀把米，私底下不称她为淑妃，改称"刀妃"。

淑妃貌似无盐，见识寡薄，本就不是可爱之人。若能安分守己便罢了，偏善妒，心比天高，事事拼抢，从头到脚的小家子气。

"皇后，你前些天让我置办家什的银两只剩这些。"淑妃拿着为数不多的几枚银圆对我说。

"只剩这么一点了。"我随口一说，心想这物价涨得真快。

"我可没贪。你若信不过，我给你细细数来，大喇叭唱机一个，落地青花瓷瓶一只，挂钟一个……"

她眉飞色舞，比手画脚，给我讲市价，讲她从东城走到西城，如何货比三家，与人杀价。浑身蒙了一层油腻腻的腥气，散着铜臭。

我从不关心这些，这都是下人们操心打点的事，我不懂，也不愿懂。她的硕嘴一张一合，我听不见声音，只觉得烦躁。

我转身拉开抽屉，取出所有银两，放在她手上，"钱都给你，你回屋吧。"

我受不了她继续念叨。

她蓦然收声，恶狠狠地瞪我一眼，跑出门去。

霎时安宁。

晚饭时，淑妃的随从太监跌跌撞撞跑进来，报告溥仪：淑妃出走了，还要同溥仪"离婚"。

小小静园顿时沸腾。

听说墙外已是满城风雨。

淑妃请了律师，要上公堂，控告溥仪虐待，还四处宣扬溥仪有疾，不能生育。

这场"刀妃革命"，不仅辱没"龙颜"，也使整个爱新觉罗皇室蒙羞。家丑不外扬，即便情分尽了，也不必张扬人短。她一向如此，没有退路，所以没有底线，为达目的不择手段，哪管他人洪浪滔天。

最终，她放出声，要求溥仪支付赡养金五十万元。

左不过是为了钱。

机关算尽。

有人说，是我逼走了淑妃。其实逼她的不是我，是这个阶层。她想像上等人那样生活，却带着底层人的烙印，一面追求，一面排斥，渴求优渥又疾富如仇。她憎恨自己的出身，也憎恨我们这些所谓的"剥削压迫者"；既不甘心过柴米油盐的苦日子，又不能习惯心安理得地钟鸣鼎食。她活得如此拧巴，臆想出皇帝虐待、皇后刁难的把戏。

阶层不同，总归不能共生。

4

淑妃走后，溥仪待我不似从前。他认定我是"刀妃革命"的始作俑者，是这桩丑闻之源。

溥仪把对淑妃的恨，尽数转嫁到我身上。

倘若淑妃当真因我而走，为何丝毫不顾念溥仪颜面而坦言其疾，又为何所提要求，皆与我无关？

圣上永远正确，男人永远正确。责任谁担？女人。

商纣亡国，罪在妲己。

漫长日月里，溥仪对我视而不见。我何尝不想一走了之？

可我走不了。

若我也效仿淑妃，绝尘而去，世人该怎样奚落溥仪，这个生不逢时的末代皇帝！

犹记父亲长跪府前，所接圣旨："郭布罗·婉容，毓质名门，生来华贵，今立为皇后，为天下之母仪。"

淑妃革命时，正值江淮发大水，我捐献名贵珍珠赈灾，一时传为美谈。纵使天下已不是从前的天下，我却仍是从前的婉容。身负郭布罗氏族的厚望，皇家颜面和国母威严，于我而言，重于泰山。

我项上的，除了脑袋，还有许多其他东西。

日子荒芜。

我和溥仪共处一室，形同陌路。

"九一八"事变后，溥仪被日本人骗去东北，做"满洲帝国"的皇帝，不过是名副其实的傀儡。

世人说他叛国，我不以为然。溥仪作为一朝天子，六岁逊位，常怀有对列祖列宗的愧疚之意。他对江山社稷的无限悲凉，对帝位的难舍眷恋，皆因渴望光复祖业。在他心里，国即是家，依然姓爱新觉罗氏，怎忍背弃？家道中落的男儿，想振兴家业，本无可非议，可对历史而言，就是逆势而行。

可怜生在帝王家。

溥仪最常说一句话："千百年的祖宗基业，在我手中葬送了。"

我跟他去了东北。

明知此行不易，却还是想陪着他。

这世上再无一人，如我这般懂他、惜他、怜他。

我第一眼见他，就看出他别别扭扭地困在一个套子里，挣不脱，又不安生。

他以为去东北当皇帝就能挣脱这个套子。

谁知挣脱枷锁，又陷牢笼。

可怜薄命做君王。

缉熙楼，东北新居。

居室有地毯，四壁是明黄色的彩绸，让人想起"金屋藏娇"。小轩窗，风吹帘动，日光寸寸斑驳，富丽典雅。

身旁的"日本侍女"，名曰服侍，实则监视。我在此处的一举一动都在日本人的掌控之中，如同笼中雀。

溥仪处境更差。说是皇帝，连出"宫"的权力都无，一言一行都受控制。"傀儡皇帝"，宫内对日本人曲意逢迎，宫外遭中国百姓唾弃。

我原以为，我们流离失所，同病相怜，应相濡以沫共渡难关，没想到苦难把他打磨得丧心病狂。溥仪在"满洲帝国"的生活，只有打骂、算卦、吃药、害怕。

他无力挣脱日本人的魔爪，就蹂躏近旁的人。对太监和侍卫几近变态地打骂，对我则是百般羞辱。

我从没见过那么扭曲的人。

在狼的面前是羊，在羊的面前是狼。

缉熙楼里的岁月，生不如死。

我染上鸦片。

在缭绕的烟雾里，暂且忘却半世的凄风苦雨。

溥仪见我抽大烟，更为厌恶，常常藏了烟枪，看我犯瘾，满地打滚，他在一旁朗声大笑。

他已然变成魔鬼。

我也被逼崩溃。

所有曾经心存感念的皇恩浩荡和皇族荣耀，都在溥仪无休无止的凌辱中灰飞烟灭。

我为自己不值。

倾尽全力去爱的男人，竟这般丑陋不堪。

我和溥仪的贴身侍卫生了一个女儿。乳母说，女孩刚落地，溥仪就把她扔进了锅炉。

确乎是他的风格，我信他做得出来。

我不爱那个侍卫，甚至不爱十月怀胎诞下的女婴。我只知道，这是溥仪的死穴、耻辱和炼狱。所谓了解，是知其痛处，然后狠狠地戳上一针，同归于尽。

从此，我被打入冷宫。

终日与烟枪为伴，常看到淑妃在我身旁游荡，笑我可悲。

人们说，皇后疯了。

5

缉熙楼里十余载，"满洲国"终于垮台，日本人跑了。

溥仪再次宣告退位。

他仓促逃亡日本，留我在东北。

临行，他来看我："与其说你是我的妻子，不如说是个摆设，是我的殉葬品。"

那是我最后一次见他。

我已病入膏肓，时而神志不清，自顾不暇。

一路流亡，被俘，坐马车游街示众。马车插白旗，上书"汉奸伪满洲国皇族"。

街道被看热闹的人围得水泄不通。

我恍然看见当年出嫁的场面，灯火灼灼，人头攒动。忽然脚底升腾起一股力量，我在众人利刃似的眼光里，站直身子，抹了一把脸，粲然绽开一个微笑。

我仿佛听见人们说，从没见过这么高贵的皇后。

又仿佛听见人们说，这女人当真是疯了。

北方有佳人。

陈圆圆（1623—1695），秦淮八艳之一，吴三桂之妾。相传李自成攻入京师后，手下刘宗敏掳走陈圆圆。吴三桂冲冠一怒，遂引清军入关。

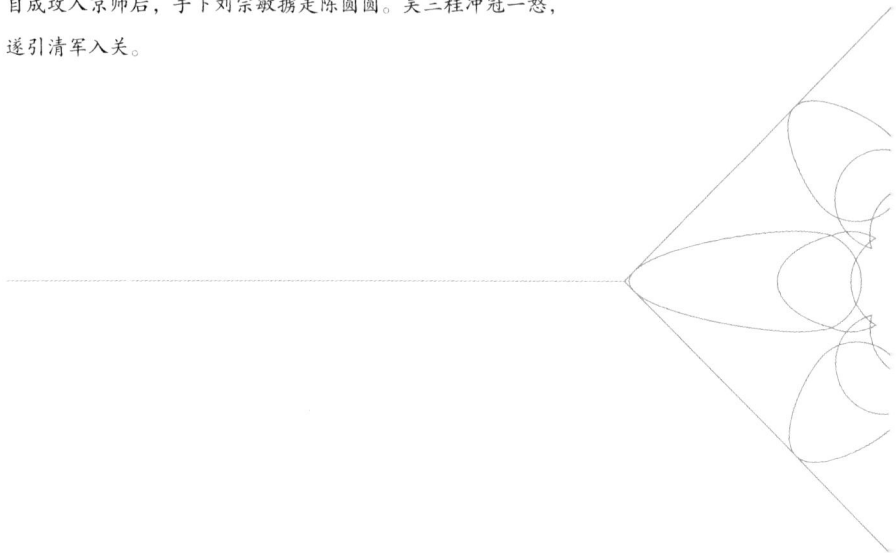

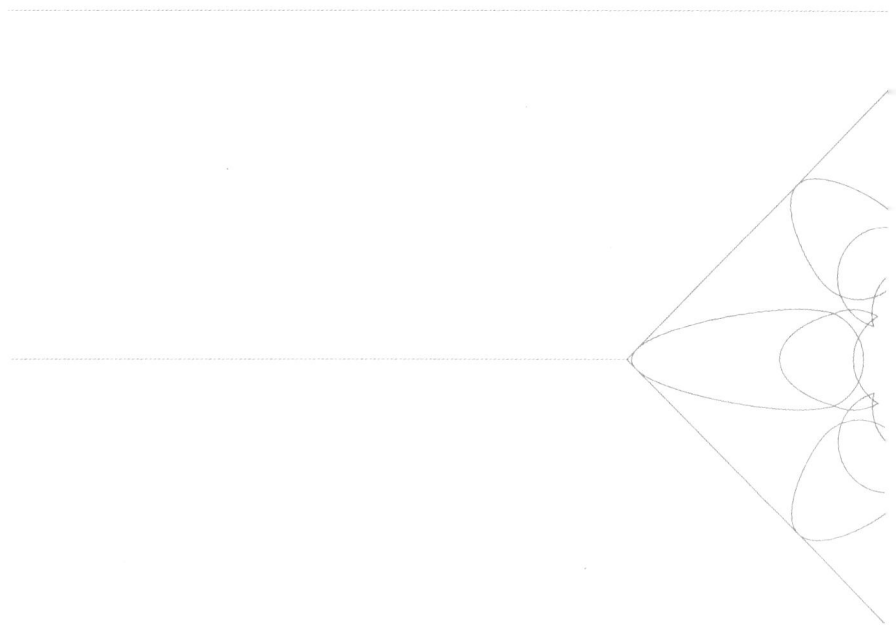

Chen
Yuan
Yuan

陈
圆
圆

秦淮八艳陈圆圆

冲冠一怒为红颜，一夕倾城为君尽

入宫那天，无月。

宫墙里的争斗，千百年来无止无休。

周皇后和田贵妃争宠不睦，使其父游历天下，掳掠美女入宫，培植己用，两相抗衡。

自此，周、田两位国丈煞费苦心地网罗美女。

名单上，赫然印着我的名字——陈圆圆。

1

幼时家贫，被卖入苏州梨园。豆蔻年纪初登台，唱《西厢记》，以吴音唱南曲，名动江淮。时人赞我丽质天成，通琴棋书画曲，才艺擅绝一时。

"每一登场，花明雪艳，独出冠时，观者魂断。"

可我心里明白，终究是风尘名妓，以色侍人罢了。

盛名之下，只想逃离。逃离满目纸醉金迷，去过寻常人家的小日子，一朝一夕柴米油盐，养儿育女。

可这足够简单的心愿，对风尘女子而言，已是太大的奢望。

青楼挂明镜，临照不胜悲。

我十六岁时，曾遇一翩翩少年，许下娶我之诺。

见过太多虚伪的情意绵绵，只有他认真完成誓言。他赎了我，迎回家，不惜与正妻反目。

参拜他的父亲时，老人家望着我，竟为之一颤。

翌日，我被送回青楼。

"家父说，小姐艳若天人，不是凡俗之身。在下不敢娶天人做妾，逆天者亡。"

艳若天人，所以过不起寻常生活。

美貌已是罪过。

我到底还是感念这个文弱少年，曾让我那么靠近人间烟火。

十八岁，已惯看迎来送往，秋月春风。

江南雅妓陈圆圆，声甲天下之声，色甲天下之色，文人墨客争相拜会。

那日，我凭栏远眺，思索何日离开烟月所。

遇人，执手，白首。

身后，有笔墨簌簌声。我转身，见一书生，伏在书案上，持笔写字：

> 圆圆淡而韵，盈盈冉冉，时背顾，湘裙，如孤莺在烟
> 雾。

如孤莺在烟雾。

人人赞我容颜才情，唯有他，知我孤独。

"在下冒襄，字辟疆，如皋人氏。"

约有半年时光，冒辟疆隔三岔五前来，与我相会，佳期如梦。

我在他身上，看到逃离风月的希望。

"幸有意中人，堪寻访。忍把浮名，换了浅斟低唱。"

"冒公子，如此良辰美景，你可愿共我一生一世同度？"剪水双眸，深情脉脉。我多想他点头，然后牵我到万家灯火深处，隐姓埋名，做世间最普通的夫妻，举案齐眉，相濡以沫。

家，我从来不知为何物。

"圆圆，你我高山流水，惺惺相惜，知己一生，已是最好。"他眼眸里有闪躲的优柔。

风尘中浮沉太久，明知是稻草，也会竭力抓取。一松手，就是万劫深渊。

凭一点余勇，我追问："艳惊江南、天下无双的陈圆圆，嫁与你，可好？"

"烟花柳巷，无聊消遣，不可当真。"

无语凝噎。

世上所有流连纸醉金迷的男子别无二致。满口情深意切，皆是逢场作戏。

留得青楼薄幸名。

举头望月，不让泪水滑落。

一弯蛾眉月，冷冷的，瘦瘦的，寒气逼人。

许是我眉间悲凉让他心生恻隐。冒辟疆低声说："我明日回乡接家母，下月中旬方回，月满为期。待我归来，从长计议。"

月若无恨月长圆。

未及月满，我便被掳进宫去了。

若干年后，我在空门忆半生。倘若等到月满之时，嫁了冒辟疆，我的命运将与如今云泥殊路，不必背负"红颜祸国"的千古罪名，大明王朝的历史，恐怕亦要改写。

万事万物，最难揣测者有三：人心、爱情、宿命。

冒辟疆与我缘断，又结董小宛。秦淮河畔两位绝色女子，于他而言，不过东隅桑榆之谓。

水天双对镜，身世一浮沤。

2

初一，寒夜，无月。

我在宫闱。

自小长在梨园，江湖浪打，历尽炎凉。却对君王之侧，六宫粉黛，一无所知。

只闻唐人写，白头宫女在，闲坐说玄宗。

"民女陈圆圆参见皇上。"

一袭龙袍绣团龙纹样，色彩斑斓，裁制精巧。冕冠玉珠轻摇，脚踩皂色毡靴。天子气度，不怒自威。

今朝若选在君王侧，总好过百花深处强颜欢笑。

皇帝草草瞥我一眼："今乃多事之秋，刁民贼子谋反，向我京城步步进逼。满人在北，虎视眈眈，相机而动。宫廷内，后妃争宠，不得安生。"轻声叹息，庄严正色道，"天下大乱，内忧外患，朕无意选秀封妃。"

不须看尽鱼龙戏，终遣君王怒偃师。

未几，我被遣出宫，成了田国丈府上的歌舞伎。

犹记隋末红拂女，服侍风烛残年的老臣杨素，常自嗟自伤。偶遇布衣李靖，与之私奔。后李靖成大唐开国元勋，红拂亦为一品诰命夫人。

我花季年华，花容月貌，终日侍奉苍发白髯的田国丈，一如红拂。

然李靖在何处？

彼时流寇猖獗，田国丈宴请辽东总兵吴三桂，托其庇佑。

我为歌伎，席间，唱《西厢记》。

兰闺深寂寞，无计度芳春，料得行吟者，应怜长叹人！

吴三桂目光如炬，望向我，穿过觥筹交错琉璃杯盏，穿过满厅满室婀娜舞伎，穿过我单薄如此的戚戚浮生。

千帆过尽，世间从无一人这样看着我，杂着倾慕、蜜意与心疼。

感君一回顾，思君朝与暮。

我一怔，竟忘了唱词，掩面而去。

吴三桂纳我为妾。

成婚那天是十五，满月当空，蓦地生出"但愿人长久"的渴念。怜取眼前人，生生世世，并肩观望花好月圆。

吴府的时光，是此生最安宁的日子。

平淡的小生活，素心向往之，终得偿所愿。在粗粝与温柔间辗转，情意化作朝朝暮暮的现世安稳，和光同尘。

鸡栖于埘，日之夕矣，羊牛下来。

3

一纸诏书，命吴三桂出关抗敌。

荒烟蔓草的年代，容不得柔情菀菀的暮色四合。

他想带我同去，做随军家属，公公极力反对，名曰"妇人在军中，兵气恐不扬"。

父命难违。

其实，公公担心吴三桂兵败投敌，不顾全家安危。有我在吴府，他总会回来。

我当人质，老人家安心。

不久，吴三桂领兵出关。

这回去也，千万遍阳关，也则难留。

思君如满月，夜夜减清辉。

未及吴三桂抵达关外，京师已沦陷，皇帝自缢。

李自成建大顺王朝，劝降吴三桂。

听人说，劝降使臣到达军营时，吴三桂正在吃饭，得知我被李自成部下刘宗敏霸占，掀了案几，怒发冲冠，仰天长啸："大丈夫不能保全一女子，何面目见天下人！"

于是，吴三桂做出惊天动地的决定，山河为之一颤，历史自此改写。

他向满人多尔衮借兵，决战李自成，不负红颜负汗青。

李自成败，怒杀吴家上下三十八口。清兵入关，如狼入室，大顺王朝寿终。兵荒马乱中，我借机逃跑，流落民间。

不闻夏殷衰，中自诛褒妲。

人人尽称，吴三桂"冲冠一怒为红颜"，陈圆圆是红颜祸水，祸国殃民。

无人知晓我的苦难。

李自成军队入京，起初劫富济贫，军法严明。后来却财迷心窍，趁火打劫，烧杀抢掠。我一介民女，无端端被强占，谁人看到我的疼痛？

亡了大顺的，不是我，是他们自己。

我只是在历史断壑里，侥幸得到过一个男人的宠爱。

如此而已。

4

吴三桂四下打探我的下落，终得团聚。

他阴差阳错地成了清朝开国功臣，受封平西王，独占云南。

"圆圆，我欲立你为平西王妃。"晚饭时，吴三桂目光灼灼，一如多年前田府初见，满是思慕、浓情与怜惜。

"张氏为正妻，理应她做王妃。废正立偏，不妥。"

我不在意名分、地位。你在，就是全部的天下。

吴三桂不再言语，低头的一刹，眼中隐有异样之态。

许是劳累。

明朝破碎，各地政权并立。皇室朱由榔在西南称帝，年号永历。

某日路过书房，无意间听到吴三桂与部下商议，如何处置新近擒获的永历皇帝。

夜晚，我与吴三桂深谈。

"你曾为救我，引清兵入关，落得投敌变节之名。如今，你控制了永历帝，不如反戈一击，光复大明，彰显汉人气节。"我看他无动于衷，复劝道，"你牢牢占据西南边陲，手握重兵，如若起义，各地反清复明的仁人志士必将呼应，如此可成不世之功！"我慷慨陈词，神情激昂。

吴三桂面露不屑，讥笑我，女子之见误国。

我曾以为他是英雄。

他曾有机会成为英雄。

可他到底舍不得放弃平西王的权势，秘密杀害了永历帝。吴三桂依然是不忠不孝的叛国贼，陈圆圆依然是亡国祸水。

历史车辙冷冷前行，王朝碎瓦坍塌一地。碾碎的希望，不堪一击。

年复一年，人老珠黄。

吴三桂纵情声色，新欢"四面观音""八面观音"并擅其宠，我已是个旧人。

纵然曾有冲冠一怒为红颜的深情，也敌不过斗转星移的时光。

色衰，而爱弛。

某个深夜，吴三桂破门而入，闯进我房间，酩酊大醉。

他已太久不曾来过。

断断续续呓语："圆圆，你早年是江南妓女，后入宫，又进田府，与我无关……可想当年，大明被灭，我在关外，你被李自成的人抢了去……你是我的女人，怎能委身贼人……"

像醉话，又像专门讲给我听。

猜忌，像一根刺，横亘在我们中间，隔成天涯。

"你想让我去死吗?"我问他。

他昏昏睡去,没了声音。

我想起他异样的眼光,凛然如刀。

我以为,受多少凌辱,咽多少骂名,只要活着,总还有与他相见的一天。见到他,就是希望。

我爱他如生命。

他却想让我去死。

南辕北辙。

5

百般蹂躏的人生,了无指望。

唯有楼前流水,应念我、终日凝眸。

凝眸处,从今又添,一段新愁。

我遁入空门,虔心皈依。

国色天香,给予我的,只有无尽挣扎。少时为妓,以色侍人,嫁入吴府,背负"祸国"辱名,老来被弃。红颜若非薄命,便惹了数不尽的是非。

红尘浪打,我心力交瘁。只想青灯佛影,安度余生。

树欲静,风不止。

康熙帝颁了撤藩令,吴三桂举兵反清,自立为帝。

我曾劝他反，推翻满人政权，光复汉人明朝，他置若罔闻。现今清廷削藩，他为保一己私利，竟起兵造反。可见他心里，本就没有民族社稷的大义，有的只是一点私心。

康熙十七年，吴三桂病逝。

康熙二十年，昆明城破，吴氏灭门。

我于庵内修行，原可躲过此劫，却也生无可恋。

残月当空，惨惨戚戚。

一夕倾城为君尽。我一生的阴晴圆缺，尽了。

仿若一场轮回。

柳如是（1618—1664），本名杨爱，浙江嘉兴人，秦淮八艳之一。在诗词、书画上均堪称一绝。嫁与明朝"文章宗伯"钱谦益。后钱谦益辞世，族人聚众掠夺房产，愤而自尽。

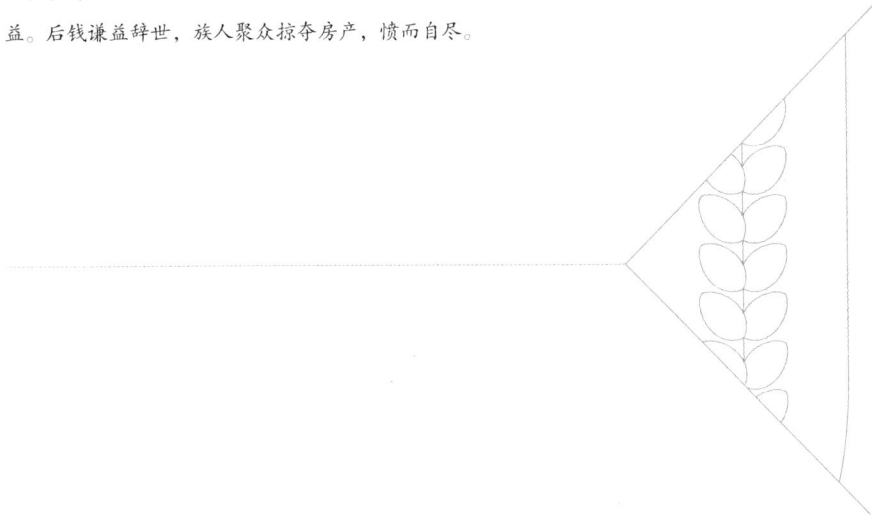

Liu
Ru
Shi

柳
如
是

秦淮八艳柳如是

料杨柳见我应如是

贫穷是一记耳光，把我的童年，抽得生疼。

幼时被卖入青楼，跟着妈妈（即鸨母）学琴棋书画舞，姓杨，没有名字。

妈妈说，对外面的男人而言，我们只有一个名字。

1

离开青楼那年，我誓不复还。谁承想，此生，三入娼门。

当朝周宰相买我回家，给母亲做婢女。那时的我怯怯而躲闪，对影闻声已可怜，遂称影怜。宰相告老还乡，纳我为侍妾，朝朝暮暮教我诗词曲赋。赞我冰雪伶俐，锦心绣口，吟诗有盛唐之遗。

我没有父亲，所以格外贪恋他沧桑的宠溺。

老人家的情感，深沉而不动声色，每一阕词都是一场欲言又止。

一如迟暮。

在他的疼爱里，所有怯意化作恃宠而骄的倔强和我行我素的轻狂。女扮男装，头戴雉羽，身着戏衣，入室登堂。同他赌书泼茶，甚至把他的须发悉数染成绿色，他从不恼。

世上再无一个人，如此宽厚待我。

这点单薄的回忆，足以让此后的岁月枯荣，借以取暖。

我未及及笄之年，他溘然长逝。

周府的人早看不惯我得宠，老爷还未出殡，便把我卖回妓院。

平平仄仄的来路，一片孤寒。

2

南有李自成，北有鞑子兵，大明王朝飘摇，秦淮河畔依旧夜夜笙箫。

章台柳巷成了文人躲避战乱的温柔乡。

自欺欺人。

花魁大选，一众姐妹浓妆艳抹，蛛首蛾眉，分外妖娆。我一向孤清桀骜，穿了男儿装，不施粉黛，不娇不媚。人们说，烟花女子的骨子里尽是轻佻，我不信。风尘之外的女人，不懂自持自重者比比，未见得比我高贵。

沦落风尘，情非得已，自爱在人心。

"最末一项，文墨比试，题：咏物七言诗——"

遴选至此，仅余三位，我在其中。

三人各在房中作诗，诗成取至客堂，不落芳名，以免有失公允。才子墨客逐一品评，决出花魁。

第一首诗笔力苍劲，咏竹。

　　不肯开花不趁妍，萧萧影落砚池边。
　　一枝片叶休轻看，曾住名山傲七贤。

众人叹道："此诗嶙峋傲然，气节凌云，颇有遗世独立之风骨，竟不似女儿手笔。"
第二首清逸俊朗，咏雁。

　　天涯与君初相逢，千帆过尽已成风。
　　夜闻归雁残灯瘦，奈何不解传妾声。

"初看此诗，写儿女之情。细细思量，北雁南归，莫不是面北思君，叹帝都飘零？只是托物言志，稍显大气不足。"
第三首风姿娟秀，咏落花。

　　寒塘高轩旧莲冷，一朝落尽恨匆匆。
　　肠虽已断情未了，生不相从死相从。

"柔肠百转，脉脉情深，生不相从死相从，不失为伤春悲秋之佳作。"
风流才子高谈阔论，好一阵喧嚣，终于定夺。
"探花董小宛，作《咏落花》。"

"榜眼寇白门，作《咏雁》。"

"花魁杨影怜，作《咏竹》。"

我一身儒服，女扮男装，洗尽铅华，略无脂粉气，与一众绮罗粉黛迥然，颇为另类。在众人歆慕仰望的目光里，我走上高台，惊艳四座。

一夕之间，花魁杨影怜声名鹊起。

西泠月照紫兰丛，杨柳丝多待好风。

慕名前来拜会花魁的公子不在少数，没有一人是我意中"好风"。直到遇见他，"云间三子"之首，陈子龙。

他是不同的。与那些所谓的雅士相比，他心忧天下，立志救国，成立文社，声动朝野。

文学，在盛世，是茶余饭后的消遣；在乱世，却是金戈铁马的兵戎。

缱绻于风花雪月的文字，尽是亡国音。

陈子龙有妻，纳我为妾。

进京赶考临行时，宅前小径泪别。他对我说，同心多异路，永为皓首期。说中了上半句，却未料及结局。我望着他策马绝尘而去，那条名为寒食路的小径，桃花萋萋。

彼年科举，子龙名落孙山，留在京城，立誓不中不还。我知其意志坚决，报国心切，可我在陈家的日子举步维艰。正妻张氏厌我，处处为难。族人鄙我出身微贱，辱没门楣，恨不能将我逐出族门。即便我如履薄冰，不再像早年在周府那般张扬，仍被视作肉中刺。

心头郁郁时，吟诗抒怀，被张氏听到，横眉呵斥："早知你等风尘女人耐不得寂寞，守不住便回青楼吧。"

女子无才便是德。她无才，胸无点墨诗书，德也未见有。

我不愿再蒙此羞辱，第三次重回楚馆秦楼。

同心多异路，永无皓首期。

3

章台柳，章台柳，昔日青青今在否？

纵使长条似旧垂，也应攀折他人手。

我改了名，从杨影怜，到柳如是。

被肢解的人生，不允许我顾影自怜。我断了从良的念想。现实时时惊醒梦中人，一切不过是虚妄。

一种凄凉，十分憔悴，挨过寒来暑往。

朝廷一纸诏书，下令封禁花街柳巷，肃清风化，驱逐妓伶。

身世浮沉雨打萍。

我试图找寻为我倾心的王公子弟，借宿避乱，竟无一人情愿收留。绕树三匝，无枝可依。

那些稀薄狭窄的爱，愧对月明星稀的夜空。

行到水穷处，我想起曾在西子湖心，邂逅一人。

那年盛夏，我孑然一身，泛舟西湖，写下"最是西泠寒食路，桃花得气美人中"。

寒食路，是陈府所在，罥挂着深沉的回忆，粲若桃花。

画舫外，有人高声语："老夫牧斋前来拜会。"

牧斋即钱谦益之号，他曾是礼部侍郎、东林魁首，才高八斗，被尊为"诗坛盟主"。

牧翁年近花甲，精神矍铄，见"桃花得气美人中"之语，盛赞我的才情。

我不语。

情诗，原本藏匿着心有灵犀的秘密，你知我知。众人所见，只是文字，不识深意。若彰若隐的九曲心思，最原始的情意与神秘，外人勘不破。

一别经年，不知他是否记得西湖偶遇。

我着男子服，帛巾束发，递名帖登门造访：女弟柳如是谒见。

重逢于半野堂，命运在此顿笔，面前白发苍苍的老人，是我半生漂泊的终点。

诗酒相酬，彼此属意。他用十天，为我建起一座新居，我闻室。

如是我闻。

"老夫愿娶你为妻。"

我含泪应允。

他太疼爱我了。在如此年纪，遇上我，像是得到流年的垂青。

我恍然忆起周宰相，我第一个丈夫，十年的时光汹涌，我终于泅渡上岸。

世人道我阿世媚俗，贪图钱谦益名利，无人知晓我当真虔诚地爱慕着他。若是真势利，怎会将徽州富商汪某人拒之门外？我喜欢长者胜于青年才俊，喜欢岁月在眉间镂下的苍凉和苦难，在掌心烙下的厚重和温暖。阅尽求之不得苦，才懂怜取眼前人，我信。一生多舛，尝尽绝望和冷眼，年纪相若的少年，参不透我眼眸里的深寒。

牧斋用正妻之礼娶我。

婚礼在舟中举行，纪念我们画舫初识。一叶扁舟，顺流而下，昭告全城，秦淮花魁柳如是嫁了"文章宗伯"钱谦益。

没有祝福，只有唾弃。

路人在桥头，用菜叶、鸡蛋砸向小舟，横眉冷对，恶语相向。

是我卑微。连累得牧斋受人尊敬一生，老来落得晚节不保之骂名。他紧紧握着我的手，泰然自若："共患艰难，坐拥黄昏。"眼角的细纹里，暄妍若春。我的眼泪霎时汹涌。在苦寒里行走太久，些许暖意便让我泪眼潸然。

共患艰难，坐拥黄昏。

世上如侬有几人！

4

婚后的安宁，仅如南柯一梦，猝然被铁骑惊碎了。

李自成攻破北京，皇帝自缢，明亡。

次年，清兵逼近金陵。

兵临城下，我抱定了投水殉国的死念。

"牧翁，你我不能同年同月同日生，却能同年同月同日死，如是死而无憾。"

"何故赴死？"他惊讶问道。

"国之不存，无以为家！你殉国，我殉夫，若是前生未有缘，待重结、来生愿。"我斩钉截铁。

牧斋面露难色。

沉思良久，缓缓道："水冷，奈何？"

我的心隐隐作痛。我以为自己嫁的是一代文豪、仁人志士，殊不知他软弱至此，竟比不上我一介女流。

瘦了的水，比战歌真切。

人生长恨水长东。

不久，钱谦益向清军献城。

那日大雨滂沱，多少楼台烟雨中。

菜市、旧桥、古戏台，一切如旧。国，却真的亡了。

清军统帅令百姓剃头，汉人仿满，蓄辫易服。一时间民怨沸腾。

一日，钱谦益忽然说头皮痒，出门去。我只当他用箆子箆发，没想到他回来时，已剪了发，梳着满人的小辫。满街嘲讽："钱公出处好胸襟，山斗才名天下闻。国破从新朝北阙，官高依旧老东林。"

百年之后，钱谦益的旷世之才将被忘却，留给史书的只有两字，贰臣。荒草蔓烟的年头，人生的岔路口，历史写下不经意的叹息。

所谓书生。

各地反清复明的义士纷纷以死明志。钱谦益老友，河南巡抚越大人和参政兵备道袁大人，皆因誓不仕清，绝食而死。

陈子龙抗清，被捕，满人问他何不削发，他说："吾惟留此发，以见先帝于地下。"浩然正气，闻者肃然。羁押途中，子龙趁守兵不备，投水以死。清军残忍无道，将其尸体凌迟斩首，弃于水中。

我爱过的男人，曾许诺"永为皓首期"的男人，风骨凛然。

而钱谦益心甘情愿降了清，做了清廷的官。

官高依旧老东林。

令人齿寒。

我每日穿丧服，在家布设灵位，凭吊亡者。

"你就是忘不了你的前夫陈子龙！"钱谦益狠狠地呵斥我。

"对，不只是他，我还忘不了千千万万报国英雄。"我冷笑着说。

"我明天就动身进京，你就留在此地吧。"

"就算你想携我同去，我也必不会去。你在清廷做官，苟且偷安，我柳如是绝不北上。"

钱谦益起程时，我没有送。道旁杨柳依依。

无情最是台城柳，依旧烟笼十里堤。

5

"夫人，京中传闻老爷下了狱！"管家慌慌张张来报。

"所为何事？"我正卧病在床，一听也着了慌。

"不清楚。有人说老爷暗中结交汉臣，意图复明；也有人说，只是因为党争。"

"派人继续打听。备马车，我要进京。"我匆忙起身。

"夫人还在病中，怕不能远行。不如好些再去？"

"救人要紧，说不定我的病还能帮上忙。"

我带病赴京，陈情上书，说愿代夫受刑或与夫同罪。并请求京中的故人相助，竟把钱谦益救出狱来。

曾言誓不北上，如今到底踏上征途。我只是不能忘，那年舟中，那么多人用烂菜叶子扔我，他却没有一刻放开我的手。在众人的鄙夷嘲讽中，坚定地对我说"共患艰难，坐拥黄昏"。

颠簸的马车上，我不眠不休，只想明白一件事。

所谓爱他，不只爱他的才气和慷慨，也爱他的懦弱，甚至无骨。毕竟，他曾为了爱我，用尽毕生的勇气。

我不知道杳杳将来，是否有人会记得我。记得侠肝义胆、一心报国的柳如是，矢志不渝地爱着一个虽有才气却无气节的男子。这也许恰是爱情最传奇的所在。

我四十六岁时，牧斋已是耄耋老翁。

他临终时，我坐在榻旁，满眼泪。

"如是，我放心不下。"他的声音苍老而虚弱。

我写过很多诗，听过许多情话，这句"放心不下"最让我心疼。在他面前，我不再是女扮男装、叱咤风云、英姿勃勃，不似女儿的花魁柳如是。我只是一个幼时被卖入青楼，令人放心不下的小女孩。怯怯而躲闪。

未来的每一天，都将如暗夜凄寒，你不在我身边。

一副残局。

果不其然，牧斋甫一辞世，钱氏族人便登门吵嚷滋事，欲分家产。我沏了茶，让他们少安毋躁，一面暗自差人报官。

"各位亲朋稍候片刻，我去房中取老爷遗书。"我转身离去，族人嫌厌的目光，如芒在背。

回到卧房，写下十六字："夫君新丧，族人群哄，争分家产，逼死主母。"三尺白绫，悬梁自尽。

世人都道娼门不洁，可周府上下、陈子龙妻、钱氏家族、道旁秽言人，这些所谓正人君子的心，又何其污浊！我身在风尘，但我用最大的善意和真诚独活于世，何曾有过一丝肮脏？

孰洁孰污？

柳如是俯仰无愧天地，褒贬自有春秋。

卞玉京（1623—1665），南直隶上元（今江苏南京）人，出身官宦之家，秦淮八艳之一。诗琴书画样样精通，尤擅小楷，还通文史。生性冷傲，素喜烈酒，一生情路坎坷，后修道隐居。

Bian
Yu
Jing

卞玉京

秦淮八艳卞玉京

陌上乍相逢，误尽平生意

遇见你的时候，我十九岁。

陌上乍相逢，误尽平生意。

我身在青楼，才貌无双，人淡清寒，爱喝烈酒。

江湖人言："酒垆寻卞赛，花底出陈圆。"

陈圆即陈圆圆，卞赛就是我——卞玉京。我们是秦淮河畔最明艳的女子，一颦一笑，惹尽人追逐。

我从不笑。卞玉京清冷，素有"冷美人"之谓。

十九岁，我遇见你。此前，我从不笑；此后，我只对你笑。

别来沧海事，语罢暮天钟。

1

我生在金陵，父亲为官，早逝，家道中落，我与妹妹沦落风尘。

青楼十年，我只喝烈酒。

忘却，麻木。忘却微凉的身世，麻木地逢场作戏，如行尸走肉。

吴府家宴，为主人赴蜀地任知县饯行，邀我与一众姐妹歌舞助兴。席间，歌停，我漫不经心地推杯换盏，拒人千里的淡漠疏离，不言语，只饮酒。

"可否请才女卞玉京，赋送别诗一首？"众人酒酣，请我作诗。

我放下酒杯，并不抬眼，信手拈来。"剪烛巴山别思遥，送君兰楫渡江皋。愿将一幅潇湘种，寄与春风问薛涛。"

满堂称赞。

风月场上，溢美之词司空见惯，我并不惊喜。

"姑娘好诗。"

我回头，看到一个少年。剑眉、英目、薄唇，一袭白衣，玉树临风。很瘦，瘦成一缕诗魂。

像是酒席间的所有喧嚣霎时都哑了，四围的熙熙攘攘淡成单薄的剪影，我只听到低沉而温柔的一句："姑娘好诗。"

恍若摇醒前世的记忆。

"在下吴府主人堂弟吴伟业，号梅村。"他文质彬彬，谦谦有礼，"久慕姑娘才名，终得一见，梅村三生有幸。"

我莞尔一笑。

"常听人说，姑娘冷艳无双，原来笑时犹带岭梅香。"

乱世之年，车、马、信笺都慢，今生只够爱一人。

只一眼，始信世间确有一见钟情。

我深深地望着他，望着此生唯一让我心动的人，轻声说道："公子亦有意乎？"

情不知所起，一往而深，生者可以死，死可以生。

我从来不是热情的人，却愿为了眼前的男人，燃尽毕生温情。

那么高傲的卞玉京，名动江左的冷美人，因为爱你，放低了所有的清高。可是，他退却了。

"姑娘薄醺浅醉，在下不解其意。"

我的笑容枯萎了，自顾自痛饮，酒苦得前所未有。

三日后深更，寓所外隐约有笛声。

笛声呜咽，如泣如诉。一盏茶的时间，声音息了。

翌日清晨，我推窗，看见吴梅村，一身寒露，立在窗外。

"公子何故在此？"

"少年此夜不须眠，把铁笛，横吹到晓。"他面容憔悴，落魄得令人心疼。

"更深露重，公子何苦夙夜不眠，在此守候？"

"姑娘有情，在下感念，只恐今生无以为报。"

我满心忧伤。原想他回转心意，愿与我偕老，才彻夜苦守，没想到竟是再度拒绝。

大约只有望而不即、求而不得，才会如此悲戚。

我神色凛冽："公子言辞凿凿，早已将玉京之情拒于心外。此番专程拜访，二度相拒，难道是嫌伤害太浅？卞玉京是何等骄傲之人，你一定要将我的颜面和尊严践踏殆尽吗？"

从来不是我想攀附于你。若不是你说"姑娘好诗"，若不是你的玉笛悲怆，我只怕仍是一片孤冷，烈酒相伴。

"吴公子，既然无意，何必相扰！"心底的委屈汹涌，点点是离人泪。

爱也清澈，恨也清澈。

2

玉京姑娘：

　　见字如面。

　　你我二人不欢而散，我心里抱愧，不便面谈，以信相见。

　　吴某一生顺遂，少年登科，位列榜眼，名冠天下。时人疑我舞弊，圣上亲览，褒奖，物议平息。古人云，知遇之感，为之一哭。当今圣上的知遇之恩，吴某没齿难忘。

　　市井传闻，田国丈不日将抵金陵，替圣上选妃，已相中陈圆圆和卞玉京等人。权势、声名、旧恩，吴某无一不须好自斟酌。

　　姑娘双瞳剪水，面若桃花，才情满腹，高贵清雅，世间男子皆为之倾倒，吴某何尝不是一见倾心？

　　只是有太多难言之隐，才一再言不由心。

　　曾经沧海难为水，除却巫山不是云。

　　得遇姑娘，此生足矣。

书生　吴梅村

人生如逆旅，只恨太匆匆。

市井传言不实，我并未入宫。终归是缘分稀薄。在初遇里辗转，互为风景，小心记取，转身天涯。

其实我明白，吴梅村太爱惜名节。寒窗苦读，一朝扬眉，怎可娶青楼女子为妻？假如他是璞玉，我便是玉上的斑瑕。他不允许自己的人生，白璧微瑕。

于我而言，爱情是一团火，燃过一次，剩下的，就只有灰烬。

死灰焉能复燃？

越是外表孤清的人，越难移情。

无爱即无碍。心无挂碍，便得自在。

我嫁给了一位世家公子做妾，离了青楼，带两个贴身丫鬟，只想平安终老。

夫君仰慕我文才品貌，虽是侧室，待我却很好。

"妹喜爱裂缯之声，夏桀便派人撕扯丝绸。周幽王烽火戏诸侯，只为博褒姒一笑。你是金陵冷美人，为夫如何看到你的笑颜？"

"我只爱喝烈酒。"

"好。"他对下人吩咐道，"从今日起，每月往如夫人房中送好酒十坛。"

他的爱意慷慨繁盛，带着岁月的温度。从今往后，告别灯红酒绿的烟花十里，在素白的流年里朝朝暮暮，是我的万幸，别无他求。

天不遂人愿。

夫君偏爱，正妻嫉恨。

家府规矩，我不敢有一分一毫怠慢，她仍是恶语相向，处处刁难。

今日趁夫君不在，她又找碴儿罚我，直到亥时，才放我回房用晚膳。我郁郁寡欢，丫鬟媚儿和柔柔取出一坛酒，为我斟满，杜康解忧。

"你们俩也坐下来，陪我一起喝吧。"媚儿活泼，柔柔娇弱，跟了我这么多年，胜似亲人。

"柔柔不会喝酒，我陪夫人喝吧。"媚儿给自己倒了一碗。

"只要老爷不在，她就伺机欺负夫人，这日子真不好过。"柔柔低声叹气。

"我们能走到这一步已属不易，总好过在烟花柳巷里以色艺侍人。"我平静地说。

"对，不要总想着不愉快。老爷知道夫人爱酒，连年累月地送，待夫人是真好。来，我先干为敬！"媚儿心宽，言语雀跃。

"还是媚儿洒脱。柔柔，我也给你们倒上酒，难得咱们同坐一桌，好好说说话。"我起身拿酒坛子，媚儿突然倒在地上。

"酒有毒。"是媚儿留在世上的最后一句话。

是正房大夫人下的毒。

我从来不屑与她争宠，她却要置我于死地。

倦客红尘，长记楼中粉泪人。

葬了媚儿，我遁入空门，在金陵最高处的道观参禅，观前是无边落木，浩荡长江，闲月栖霞。

柔柔不愿归隐，留在府里。

酒筵散场，流离四方。

3

我二十一岁那年，崇祯皇帝自缢，明亡。

朱由崧在金陵称帝，年号弘光。吴梅村受任少詹事。听说他本想以死明志，殉葬崇祯帝，终是留恋人间，舍不得慷慨赴义。

他从来都不够勇敢。

弘光政权欲效仿南宋，保住半壁江山，终因皇帝昏庸、朝臣腐败，在清军铁骑下，零落成泥碾作尘。

顺治七年秋，距离我与吴梅村初见，已过了八年。

素喜清静，修道几年，只与为数不多的几位友人尚有往来。密友柳如是已嫁钱谦益，居钱府我闻室。今邀我相见，我欣然前往。

正待进屋，忽听得屋内传来熟悉的声音。

我问柳如是："可有旁人在府？"

"诗人吴梅村与牧斋（钱谦益之号）谈论新诗，特意嘱我，请你到府小叙。"

"好诗！'恸哭六军俱缟素，冲冠一怒为红颜。'贤弟此语，可谓千古佳句！"声音苍老，想来是钱谦益。

"牧斋兄谬赞。此诗尚未写完，诗成后烦请牧斋兄赐教。"

八年，隔着流水光阴，记忆斑斑驳驳。他的声音不曾改变，一如当年吴府邂逅，他对我说："姑娘好诗。"

我霎时眼泪盈眶。

八年了，我未有一刻忘记他。他在我心里，不是热情，不是怀念，是年深月久的生活和习惯。写诗、作画、参禅，笔落处，点点行行，总是相思意。若我仍在纸醉金迷深处，或许早就忘了他吧。偏偏我与世隔绝，选择了一条相对于遗忘，最漫长的路。

读书时，看到他的诗句、他的名号，刹那间恍恍惚惚失了神。流亡路上，偶遇与他眉目相似的人，竟怔怔地跟在身后走了许久。夜夜入梦，都是那个谦谦俊朗的白衣少年，在觥筹交错间，温柔地望穿秋水。"姑娘好诗。"我已分不清，是梦境还是怀想。

思念像一场瘟疫，我无处可逃。

吴梅村，是我的岁月。

我日思夜想的少年，就坐在眼前那扇门里，谈笑风生。推开门，便推开了我整个青春。

刻骨深爱过的人会懂得，经年累月挣扎在思念的沧海里，却在即将泅渡上岸的那一秒，生了怯意。

近乡情更怯。

我失魂落魄地立在门外，意念里已走过千山万水，岁月荣枯。所有酸楚和牵挂、想念和哀怨，尽数化作泪，却终不敢推开那扇门。

八年了，你依然是我兵荒马乱的措手不及。

"如是，去你的内宅吧。"我回头对柳如是讲。

"这么多年过去了，你依然不愿见他？"她轻声问我，眼里是理解和疼惜。

"是不敢。"我头一回知道，情到深处，人竟会变得如此怯懦。

怕见飞花，怕对吴郎。

柳如是径直将我带到她的里屋——我闻室。

下人传话，吴梅村极欲求见。

"说我出门仓促，妆容不整。待薄施粉黛，更衣再去。"

颠沛乱世，修道多年，我已太久不动妆饰。柳如是悉心帮我上妆，铅华淡淡，妆成有却无。

"十分动人，去见他吧。"柳如是嫣然一笑。

"逆风如解意，容易莫摧残。"我望着铜镜里风华不再的容颜，只想到明日黄花，"韶华易逝，我已不是当年那个小姑娘了，不见也罢。"我让下人回了吴梅村，托词宿疾突发，择日造访。跟柳如是告辞，匆匆离去。

相见争如不见，有情还似无情。

半年后，柳如是托人往道观送来一封信。信中说，当日吴梅村求见不得，黯然神伤，写下四首《琴河感旧》，随信附上。

青山憔悴卿怜我，红粉飘零我忆卿。

记得横塘秋夜好，玉钗恩重是前生。

吴梅村知我心里有情有怨，怕应羞见。那段纯粹的年少往事，他亦念念难忘。

无数个夜晚的辗转反侧之后，我决意见他一面。毕竟许了择日造访之约，我也想与过往好好道别。

他是我的心结，是我半世漂泊最放不下的未完成。

是时候放下了。

一袭道袍，一张古琴，我来到吴府。

我曾在不眠之夜，对着星辰，反复练习与他见面时的神态言语。压抑陈酿的情思，面上波澜不惊，我原以为很容易。直到站在吴府门口，看见他，鬓上青丝换了白发，满目沧桑，对我说："我等你好久了。"

我失了语。无论如何精巧地准备，真正面对他时，还是失了一切言语，风声鹤唳。

爱久弥深。

"玉京，风大，进屋吧。"

我进了屋，对他说："吴公子，我弹一首曲子就走。"

我原想借抚琴掩饰自己的狼狈与慌张，却在汩汩流淌的琴音中簌簌落泪。一别八年，白云苍狗。道观荒芜，挨冻受饿是家常便饭。山河破碎，清军奸淫掳掠，我无人可依，只得四处飘零逃难。

记忆潮湿，周而复始。

4

顺治十年，吴梅村慑于清廷淫威，被迫应诏北上，入清为官。

他心里应是屈辱的。当年顾念崇祯帝的知遇之情，不愿与我牵
缠，如今却变节仕清，确乎是负了大明。可他生来懦弱，既不敢以
死明志，亦不敢抗旨隐居，老来空嗟叹"浮生所欠只一死"。

他这一生，败在一个"懦"字。如果他够勇敢，我们何至于沦落
至此，劳燕分飞，无缘相守。

说到底，他更爱自己。路遇深深浅浅的缘分，惜身大过惜缘。

一别珍重，各自好走。守着剩下的岁月，攒着零星的怀念。

乱世之下，道观遭毁，一位年逾古稀的良医好心收留我，为我
另筑别室，悉心照拂。我皈依空寂，潜心修行，持戒极严，杜门却
扫。对医者的关照无以为报，只得刺破舌头，以舌血为他抄写《法
华经》，历时三年。

焚香诵经的时光，我曾无数次回望此生，自问是否后悔，答案
始终如一。

不因最后的结果，后悔当初的相识。

陌上乍相逢，误尽平生意。无论世事变迁几何，在我心里，他
永远是金陵城内，最明亮的那个少年。

一袭白衫，谦谦君子，在我耳畔柔声说，姑娘好诗。

顾横波（1619—1664），南直隶属上元（今江苏南京）人，工诗善画。秦淮八艳中地位最显赫的一位。丈夫龚鼎孳侍三朝君主，为士林不齿。顾横波随夫降清，受封"一品诰命夫人"，备受争议。

Gu
Heng
Bo

顾
横
波

秦淮八艳顾横波

水是眼波横

刘郎死讯传来时，我正画兰，一失手，毁了一幅扇面。

起身丢弃残画，令丫鬟寻了新扇，再提笔。

刘郎因我殉情，我未见心痛，只是可惜了一幅好画。

人道，秦淮河畔顾横波，最是薄情。

情字双刃，或伤人，或伤己，我只是善于保护自己而已。

毕竟青楼女子，无力自保，又能仰赖谁呢？

1

我自幼长在青楼，学着"妈妈"和"姐姐"的模样，迎魏送张，左右逢源，醉笑陪君三千场。别的姑娘自怨自艾，恨自己时运不济，沦落风尘；我却从无哀怨，笑对八方来客，深得"妈妈"欢心。

我很早就明白，人不可与命争，总有人生来卑微。既在风尘中，何苦枉自怜。叹息、泪水、怨怼，在强大的宿命面前毫无意义。

因我学艺、接客皆勤，早早地便赚足了银两，作别一众巴望着男人救其出苦海的姐妹，自己赎身，在桃叶渡口自立门户，另筑青楼，名曰眉楼。

自由和金钱带给我尊严。

从此不再悉听尊便，任人呼喝宰割。

我甚少露面，但金陵城内的风流才子，情愿一掷千金睹我芳容者恒河沙数。眉楼生意兴隆，门庭若市。

大多数时候，我是一个商人。

秦淮河畔最美艳的商人。

水是眼波横。

2

南望水连桃叶渡，北来山枕石头城。

金陵，从来都是一座盛产故事的城池。

刘郎是金陵城里的名门公子，倾慕我的气韵才情，常来眉楼拜会。他出手阔绰，我自不会拂他面子。吟诗作对，花好月圆，浓情蜜意处，曾许下白首之约。

但我知他不会娶我。刘家不许烟花女子过门，认为有辱门楣清誉。他为人最是怯懦，当然不会为了我，放弃整个家族。

我身在烟月所，衣食无忧，乐得逍遥，亦不愿嫁做人妇，终日素手羹汤。

所谓白首之约，不过逢场作戏，何必当真。

诗筒来往，如我与君稀。

一日，眉楼闯入不速之客，浑身山野粗鄙气，还指名道姓让我相见。

我拒之门外。

顾横波冷艳无双，岂能屈尊纡贵，见一村野伧父？

谁知这伧父见我不成，竟耍起无赖，约了一伙市井之徒，将我眉楼的牙签玉轴、瑶琴锦瑟砸抢一空。末了，留下一句话："顾横波既然见得刘郎，为何见不得我？我舅父远比刘家有权有势。"

我怒不可遏，将此事告知刘郎，原以为他会为我打抱不平。不料他说，眉楼本就是一处见不得光的销金窟，还是息事宁人为好。

我只知他素来软弱，恐怕会忌惮那伧父家的权位，竟不知他对我的眉楼还心存轻薄。

从那以后，我认清两件事。

一是，虽然我自食其力，优裕殷实，以为金钱之上是尊严，却终是无人看得起这个行当。打上了风尘的烙印，就永远低人一等，世人笑贫亦笑娼。

二是，这个世道豺狼当街，虎豹横行，女人的归宿必须是嫁人。

此时，一个布衣才子出现了。

眉楼惨遭摧残的第二天，城里贴出一篇檄文，对滋事的伧父口诛笔伐，言其"用诱秦诓楚之计，作摧兰折玉之谋，种岁世之孽冤，煞一时之风景"。义正词严，才思斐然，名动金陵。

不久，歹人销声匿迹。

这篇檄文的作者名叫余怀，虽是布衣，但才华横溢，文名颇盛。

我感念其恩，邀他来眉楼小酌。他说，此地如同仙境，人人沉

177

醉不知归路，不是眉楼，乃迷楼也。

一来二去，余怀成了眉楼常客。

刘郎三番五次前来，我避而不见。他无力给予我庇护、尊敬与婚姻，也不见得有几两真心，不过是想不负责任地独占我的青春。

顾横波明智，一颗冰心早已不带在身上，只知取舍掌中棋。

可刘郎偏偏不识趣，非见我不可。

我推托不过，还是见了他一面，冷心冷口地讲："我是顾念这些时日的情分，才来见你。但你记住，这是你我此生最后一次相见。"

刘郎哽咽："曾言与子偕老，皆是山盟轻许？"

他果然愚钝，仍不知我何故离开，只当是我见异思迁。

我也懒于辩白，泠然道："以身许人，青楼故伎。"

是日，刘郎投井殉情。

听闻死讯时，我正在作画。

可惜了一幅扇面。

我是一个商人，商人重利轻别离。

3

余怀生辰，我在眉楼布下盛宴，遍邀金陵文人墨客，为之庆贺。

我已多年不曾抛头露面，今特意为余怀登台献唱，观者摩肩接踵。

桃叶渡口熙熙攘攘的人群里，我见到他，龚鼎孳。

余怀是那日盛筵的主角。

龚鼎孳却是我余生的主角。

那个昂首阔步迈入眉楼的男人，魁梧挺拔，浓眉大眼，满身阳刚气。在众多清秀的江南男子中，颇为特别。

宾客纷纷侧目，从他们的窃窃私语中，我得知龚鼎孳是庐州人，满腹经纶，与钱谦益、吴梅村并称"江左三大家"。未及弱冠就中了进士，即将入京为官，游历金陵古都，却误打误撞进了眉楼。

我拨开人群，走到龚鼎孳面前："顾横波见过公子。"

"在下龚鼎孳，初入金陵已闻顾姑娘盛名，今日巧遇，想来缘分匪浅。"

我嫣然浅笑："公子请上座。"

席间，龚鼎孳为我赋诗一首：

> 腰妒垂柳发妒云，断魂莺语夜深闻。
> 秦楼应被东风误，未遣罗敷嫁使君。

郎情妾意，不在话下。

我深知余怀和龚鼎孳都为我倾心，但余怀一介布衣，屡试不中，文才、财力皆拜下风，若与他成婚，怕是就此无缘荣华。龚鼎孳宦途得意，青云直上，显然是更为上乘的选择。两利相权取其重，我不想过清苦日子，天天计较柴米油盐。

余怀识时务，自知比不上龚鼎孳，便偃旗息鼓，不再叨扰。

他留下一张字条：

书生薄幸，空写断肠句。

纵然有少残零热，自是无缘顿段凉。

龚鼎孳欲带我赴京，我断然拒绝。

我在京中无亲无故，又失了眉楼这座靠山，若他始乱终弃，我退路全无。

险棋难行。

何况对男人而言，女人的魅力源于神秘，而非痴情。

得到了，便有恃无恐。

彼时国家飘摇，狼烟四起，龚鼎孳从京中寄来书信，说已将原配送回老家避难，邀我北上。

时机成熟，我毅然抛却金陵温柔乡，只身赴京，与之团聚。

自此，逃离风尘。

处处烽火，北行不易。我一个弱女子，生于繁华，长于安乐，现在万里寻夫，在遍野哀鸿间蹒跚辗转了近乎一载，终于抵达龚府。每每举步维艰时，我都暗自咬牙忍耐，因为前路，是一个叫家的地方。

识尽飘零苦，而今始有家。

灯媒知妾喜，特著两头花。

4

其时，大明王朝岌岌可危，龚鼎孳屡屡上书弹劾权臣，触怒了崇祯皇帝，被捕入狱。

我曾以为龚鼎孳是富贵佳婿，不料宦海浮沉，朝生夕死。但开弓便无回头箭，眉楼已是回不去的往昔，我只有为当年的权衡负责。

我使银子买通狱卒，常去狱中探望龚鼎孳。

牢狱本就剑树刀山，有如黄泉，加之龚鼎孳因开罪权贵而下狱，更是受尽非人之苦。枯瘦，憔悴，绝望。

我每次来皆带些好饭食，不说话，看着他吃，他吃完我才走，临走叮嘱他："活下去。"

很多年后他说，在监牢生不如死的日子里挣扎着苟活，全凭我的那句"活下去"。活着，也是为了我。他死了，我又成了无依无靠的浮草，他不忍看我后半生依然支离破碎。

人说夫妻本是同林鸟，大难临头各自飞。但我们在患难里相濡以沫，两个精明一世的人，为彼此耗尽了所有赤诚的笨拙。

龚鼎孳在狱中度过了一个隆冬，早春获释。

重逢时，他说："料地老天荒，比翼难别。"

然而，宁日无多。

龚鼎孳出狱不久，李自成入京，崇祯皇帝自尽，大明王朝寿终。

人臣以死殉国的言论甚嚣尘上，宁为前朝魂，不做后朝臣。

我极力阻拦龚鼎孳。

"当初你为保大明江山，不畏权势，针砭时弊，却换来牢狱之灾，受尽凌辱。这样一个沉疴遍地的王朝，为何要对其效忠？既然以天下兴亡为己任是徒劳无功，何苦为名节所累，草草轻生？追随先帝，不过是愚忠之徒所为，崇祯帝并不是一个明君。"我仍是商人习性，善于权衡，利在义先。国恨家仇从来不是我生命的主题。

龚鼎孳说："其实我最割舍不下的，是你。我从地狱里九死一生地爬回来，就是为了和你在一起，其余的，都不重要。"

我对他说："你只向外人说，'我原欲死，奈何小妾不肯'。我出身青楼，世人一贯轻看，不怕多加一个贪生怕死的罪名。"

他深深地望着我："你我彼此相知，旁人言语只当罔闻。"

龚鼎孳降了李自成，怎知京师再度陷落，满人入主中原。龚鼎孳又降清。

士林不齿，百姓唾弃，一时间众叛亲离。复明余党在南成立小朝廷，将他列为"从贼罪臣"，清朝摄政王多尔衮当面贬损他是无耻之徒，朝堂重臣讥讽他为"流贼御史"。

四面楚歌。

流离颠沛的日子里，我们依偎相扶。

行到水穷处，坐看云起时。

顾横波一生刻薄寡恩，不过是看透了酒绿灯红里男人虚伪的伎俩。天下熙熙，皆为色来；天下攘攘，皆为色往。满口甜言蜜语海枯石烂，转眼便另结新欢，万花丛中过，片叶不沾身。

我一贯以为，烟花女子最可悲处，不是沦落风尘，而是在肮脏尘埃里渴望真爱。

所谓真爱，都爬满了虱子和血污。

与其痴心深种，到头来被玩弄于股掌，不如薄情少义，至少不负情伤。

但在那段时日，我开始明白，爱确有其庄严的时辰。

龚鼎孳真心待我，我花光了所有深情。

在惊恐、无望以致失语的凌晨，总有一人相伴身旁，对抗生活里全部的敌意和风霜。

纵天寒地冻，路远马亡。

我洗尽铅华，改名徐善持。

那个"宁教我负天下人"的顾横波，已死。

爱，是悲剧所在，也是幸福所至。

5

宿命如草叶，一岁一荣枯。

多尔衮殁，顺治皇帝赏识龚鼎孳，不以贰臣视之，赐一品官员，在老家避难的原配亦可受封为"一品夫人"。

谁承想，空闺多年杳无音信的原配，命人快马加鞭送来了家书，义正词严地拒绝了当朝封诰："我已屡受明朝封赏，本朝恩典，让顾太太可也。'变节诰命夫人'之称，我无论如何承当不起。"

满纸不屑。

我不信她对前朝有多少忠贞不渝，不过是女人的酸涩和嫉妒。

这么多年江湖浪打，见过太多冷嘲热讽和恶语中伤，早就一身铠甲，无坚不摧。既然谕旨已下，我便欣然接受，安享富贵。我从没学会关顾世俗眼光，委曲求全。

龚鼎孳说，在我心里，原就只有你，能配得起这副诰命。

我四十岁生辰，龚鼎孳带我回金陵老家，大摆筵席庆贺。宾客纷至沓来，恍如二十年前，余怀生辰的那场觥筹交错。

余怀没有露面。

相见争如不见，有情何似无情。

旧时姐妹纷纷道喜，说我是最好命的一个，嫁得如意郎君，当上一品夫人。

我不是最好命的人，是最认命的人。

因为认命，所以清醒。处心积虑步步为营，才走到如今。

周身被欲望和罪孽咬噬的伤口，只有我自己看得到。

物是人非事事休，居人犹说旧眉楼。

从金陵回京，我染了疾，日咳夜咳。请过许多郎中，方子开了无数，总不见好。人们说，怕是痨病。

痨病传染，我把自己关起来，谁也不见。下人们送食送水到门外，就匆匆离开。龚鼎孳每天过来，我多数时候不许他进屋，偶尔病发得不甚厉害，才让他用手帕蒙着口鼻，进来跟我说说话。

他也不多讲话，只是落泪。

我知道自己行将不远了。

他拉着我的手，说"活下去"，像当年我对他说的模样。我一听，眼泪就汹涌地断了线，咳得愈发凶起来，赶忙推他出门去。

我这一辈子，机关算尽太聪明，唯一的遗憾，是没有子嗣。

龚鼎孳和我曾生过一个女儿，三岁时，失足掉到井里，夭折了。

现今日薄西山，气息奄奄，却夜夜梦见一个小女孩，在井边玩耍。细看来，竟有一张刘郎的脸。

我曾索了他的命，他用我女儿的命偿了。

一念及此，我凄凄惶惶，不可终日。

龚鼎孳道我思女心切，遍寻能工巧匠，做了一个木偶小童，手脚皆能动自如，放在我枕边。我不咳嗽的时候，就给"孩儿"梳妆打扮，跟"孩儿"闲话家常。偶尔龚鼎孳进屋来，我们夫妇二人一起逗弄"孩儿"，俨然一个活生生的真小孩。

临终前，我没日没夜地反思，或许无子，是上天对我的惩罚。

顾横波从来不是一个好女人，心机颇深，工于计谋，永远"利"字当头。害了刘郎的命，夺了余怀的情，毁了龚鼎孳的节，这三宗罪，让我沦为红颜祸水，没留半点骨肉血脉于世。

人之将死，其心也善。

纵观此生，我腰缠万贯，我两手空空。

泪是眼波横。

寇白门（1624—？），原名寇湄，秦淮八艳之一，侠肝义胆，人称"女侠"。十八岁时，嫁与明朝煊赫一时的保国公朱国弼。清军南下后，寇白门回到秦淮歌楼，艳帜重张，后因病去世。

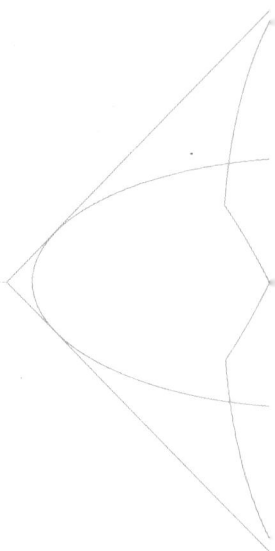

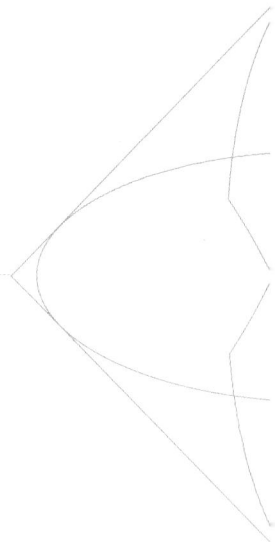

Kou
Bai
Men

寇
白
门

秦淮八艳寇白门

女侠谁知寇白门

有人，就有江湖。有江湖，就有侠客。

侠肝义胆，谓之侠客。

1

虬髯满面的男人，一把将青衫女子推倒在地，扬手欲打。

女子纤瘦而惶恐，只啜泣讨饶。男人面目狰狞可怖，并不罢休。

我正下棋。拾一枚棋子，以疾雷之势，弹向男人手腕。男人吃痛，停了手，掩腕四望，怒不可遏。我缓缓走到近旁，扶起颤巍巍的青衫女子，也不抬眼。

男人恼羞成怒，伸手推我，我灵巧一闪，他扑了空，打了个趔趄。站稳身，又来一掌。我不躲，顺势扣住他手腕，使劲抵住他拇指。男人痛得号叫起来。

穷寇莫追，我松了手。

男人不知我武功深浅，不敢贸然，恨恨离去。

其实，我只会些躲闪功夫和借力打力而已。

赢在一个"义"字。

"多谢寇姐姐出手相救!"青衫女子回过神来,向我道谢。

我是寇白门,倚翠楼的头牌,这里没人不认识我。

我说一句"不必",转身走了。

素来歆慕江湖侠客,路见不平,拔刀相助。一本《杨家将传》,书读百遍,对武功盖世、不让须眉的穆桂英,心向往之。

可惜身在青楼,身不由己。只能背着鸨母,照着书,偷偷学几个武术招式,仅可防身。

我救她,行侠仗义而已,自不为让她感激。

此后,青衫女子成了我屋的常客。

她叫斗儿,比我年幼一点,是青楼里的丫鬟。不卖艺,不卖身,只做些端茶倒水的杂役。那日粗手笨脚,把茶水泼到虬髯男人的身上,才惹火烧身。

旁人对此见怪不怪,毕竟一介婢女,在普通人家也常被打骂,更不必说在青楼。我只是看不惯恃强凌弱,也不忍看一个柔弱小姑娘挨打。

"寇姐姐,这个大坛子里装了什么?"斗儿指着角落里的坛罐问。

"酒。"

"你爱喝酒吗?"

"我不喝,只是学着酿。"

"跟谁学?"

"苏东坡。"

斗儿眨了眨眼，一头雾水。

"苏东坡撰《酒经》，讲酿酒法。我闲来无事，就照着做，也不知能不能酿成。"

"寇姐姐真真异趣横生。"

我莞尔一笑："从来没人喊我寇姐姐。"

"那我换个称呼好了，你想让我喊你什么？"

"寇女侠。"

斗儿扑哧笑了，又屏住笑，一本正经地问："寇女侠平日里除了酿酒，还做些什么呢？"

听她这样叫，我也被逗笑了："还是改回寇姐姐吧，女侠听起来不伦不类，反倒尽是嘲弄的意味。"

她点点头："寇姐姐平常还有什么事做？"

"烹茶、种花、作诗作画，都是些闲时消遣，登不得大雅之堂。"

斗儿若有所思："你跟这里其他姑娘都不一样。"

"我总有一天会离开的。"我淡淡地讲。

彼年豆蔻。

三杯吐然诺，五岳倒为轻。

2

我十八岁，离开倚翠楼。

走得轰轰烈烈。

凤冠霞帔，蛾儿雪柳黄金缕。旗锣伞扇，八抬大轿，雕车香满路，一夜鱼龙舞。

国公爷朱国弼明媒正娶寇白门。

一个是皇亲国戚，一个是风尘女子，猜疑、嘲讽、贬斥，甚嚣尘上。

"金陵旧俗，烟花女子脱籍从良，见不得天日，只可夜间迎娶。"众人道。

朱国弼丝毫不畏人言，信誓旦旦："我一定要为寇白门办一场秦淮河畔最盛丽的婚筵，哪怕是在夜间。"

"那岂非锦衣夜行？"我说。

"我只知，之子于归，宜其室家。"

彼时，桃之夭夭，灼灼其华。

下聘礼那日，斗儿来我房中。

"寇姐姐当真要走了吗？"

"青楼不是久留之所，趁好年华，自谋出路吧。"我语重心长。

斗儿霎时哭了。

"我没有寇姐姐的才貌，无路可走。你走了，我又孤苦伶仃，无依无靠，任人轻侮宰割了。"

我顿时萌了恻隐心。

对斗儿，总是放心不下。她太娇弱。

"不如你跟我走，做我的贴身侍女，过两年给你物色个好人家，风风光光出嫁。"

斗儿扑通跪倒在地："寇姐姐大恩大德，真乃女侠也！"

"快起来，女侠二字，从你口里说出，真是好笑。"我笑着扶起她。

"斗儿一辈子伺候你。"

拜过堂，行过礼，已是破晓时。

入洞房，朱国弼掀了我的盖头。我将一柄铜镜捧到面前，镜里映出我们二人的模样。

我问他："你看到了什么？"

他说："余生。"

除却巫山不是云。

3

休言山盟转头空，未转头时皆是梦。

成亲不久，朱国弼便暴露了花花太岁的本性，拈花惹草，纸醉金迷。对他而言，家不是家，章台柳巷才是。

我心如刀绞，夜不能寐，愈发寡言憔悴。

所属非人。

某月初一，去寺里上香祈福。路过倚翠楼，我掀了轿帘，恰巧看见朱国弼倚在门口，勾着一个浓妆艳抹的女子的蜂腰，举止狎昵轻浮。

　　我突然一阵眩晕，令轿夫打道回府。

　　听闻街谈巷议的传言，总不似眼见为实这般痛苦。

　　在倚翠楼姐妹的眼里，我大约只是一个笑话。说什么嫁做国公妇，如人饮水，凉暖自知。

　　回府后，我病倒了，油盐不进。

　　朱国弼并无嘘寒问暖之词。

　　他对我的爱，已人走茶凉。

　　曾将我视作余生的人，如今形同陌路。

　　约莫过了两个月，我能下床走动了。

　　一步一挪，走向斗儿房间，却看到衣冠不整的朱国弼。

　　他没有羞耻心，一副满不在乎的模样。斗儿哭着跪在我面前，披头散发，求我原谅。

　　我用尽全身最后一点气力，对他们说："恬不知耻。"

　　言毕，又昏厥，三天三夜。

　　醒来，斗儿满眼血丝，跪在我床边。

　　"夫人，您终于醒了。"

　　我把头偏向一边，不想看她，虚弱地说："走。"

　　谁都可以欺骗我，她不可以。我一向独行，是她非要闯入我的天下，却又暗放一冷箭，伤我至深。

　　"夫人，我无家可归啊！"她声泪俱下，"这里就是我的家，您就是我唯一的亲人！"

"亲人是用来恩将仇报的吗？"

"夫人，我错了，我不敢违抗老爷之命啊！"

我默不作声，倒宁愿相信朱国弼强人所难，她也有难言之隐。

"寇姐姐，你真的不要我了吗？"

两行苦泪决堤。

我轻叹："我是看你可怜。"

斗儿鸡啄米般磕头，谢过我既往不咎。

我恍然觉得，她似乎不像我想象中那么柔弱。

长恨人心不如水，等闲平地起波澜。

4

若非生在天翻地覆的年头，我或许会在朱府郁郁终老。

婚后第三年，大明覆灭，清兵南下，南国小朝廷土崩瓦解。

朱国弼这个国公爷，第一个做了降臣，匍匐在城外泥泽里迎接清军，变节献媚。

他的卑躬屈膝并未换来安乐。

清廷令所有朱姓皇亲国戚及家属循例回京，待我们举家迁至京城，才发现实则是软禁。

朱国弼着了慌，意欲变卖婢女歌姬，赚银赎身。

他一贯见利忘义，可令我始料未及的是，变卖仆婢的名单上，竟赫然写着"寇白门"。

原来在他心里，我永远卑微。

当初把我从风尘里救出来的人，要将我再度抛回苦海。

"你我的夫妻情分，竟薄至此吗？"

朱国弼满目怅然："短短数月，从锦衣玉食的国公爷变成命如草芥的阶下囚，我承受不起。"

"只是软禁，并无苦刑，当真难以承受？"

"我与你不同。你在倚翠楼，过惯了笼中雀的日子。我是皇族，生来高贵，怎可久居囹圄？"

我无言以对。遥想当年，是他给了我自由身。

他见我不答话，又说："士可杀，不可辱。"

我不想让他受辱。

毕竟是我爱过的人。

我义正词严："你若卖了我，只能挣百金，若放我回金陵，一月内必得万金，前来赎你。"

"我凭什么信你会回来？"

我冷笑。夫妻一场，他竟如此不了解我。

"凭寇白门这三个字，做不出不义之事。"

"那我明日送你一程。"

"我即刻启程。千山独行，不必相送。"

时人诗曰：丛残红粉念君恩，女侠谁知寇白门。

最痛不过情断义存。

5

回到金陵，我无颜再进倚翠楼。

当年走得那么光彩照人，如今怎可灰头土脸地败兴而归。

我盘下一座小楼，广结宾客，吟唱酬和，未满一月，携两万两白银，北上赎夫。

再见朱国弼，他似一夕白头，对我说："我没想过你会回来。"

"寇白门一生，一义字而已。"我神情肃然。

"我平生无悔。唯一的悔恨，就是没有好好珍惜你。"他潸然落泪，"我能否乞求你，与我旧梦重温。我绝不再令卿伤心。"

"你记住，我对你，没有伤心，只有死心。我救你，不是因为爱，而是因为义。你曾赎过我，现在我偿了，从此两不相欠。"说完，我决然转身，南归。

我怕略一迟疑，就留下了。

正待上马，一人把我拦下，是斗儿。

她怯生生地望着我，像初见时的模样，"寇姐姐，我想跟你走。"

"你在这里衣食无忧，也能光明正大地跟了老爷，留下来才对。"

"寇姐姐你还在恨我吗？"

"不恨。"

"那你带我走吧。我只是老爷手里的玩物，随时可以抛弃。世道这么乱，我只有你这一个亲人了。"她梨花带雨，泪眼婆娑。

"跟我走吧。"

记得绿萝裙，处处怜芳草。

再回秦淮，一片冰心已是百孔千疮。

我无时无刻不在回忆过去的时光，逝者如斯夫，不舍昼夜。

夜幕降临，总回想起那场盛大的夜婚，以为自己是最幸福的嫁娘。谁又不是呢？世间多少痴情女，妾心如水，良人不来。

从此无心爱良夜。

想念得狠了，就整夜整夜做梦。

有时泣，有时喜，一晌贪欢。

奈何与君共聚，唯梦一场。

6

捡拾以往的闲情，聊以消遣，酿酒烹茶的功夫越来越精到。

生活无过多花销，所赚银两都拿去接济寒门子弟和潦倒姐妹。其中有位韩姓书生，对我心存感念倾慕，隔三岔五前来做客。

吟诗品茗，小叙便走，从不过夜。

想来我已人老珠黄。

心思沉重，身子愈来愈弱，终于卧床。

那日，韩生到访。

"你今晚能留下来陪我吗？"我低声下气，几近哀求。

韩生面露难色。

"左不过是嫌我年老色衰。"

韩生闻此言，忙不迭地摇头，指天誓日："我对你的真心，皇天后土，日月可鉴。只是家母卧病，我急于回家侍奉。"

我叹了一口气，也罢。

未几，外屋传来嬉笑声，吵吵嚷嚷。

我起身，拖着病体，欲关严门窗。从门缝里，却瞥见韩生正与一女子调笑。那女子，不是别人，是斗儿。

平生最恨背叛，她为何一而再、再而三地负我？

我忍无可忍，大发雷霆，抓起撑窗子的竹竿，劈头盖脸打下去，打在那个貌似娇弱、实则歹毒的斗儿身上。

出人意料地，她此番竟没有掉泪，也不抵抗，任由我的竹竿落下去。

我练过点武艺，怕出手太重伤了她，打两下便停手。

"我原谅你。你走吧，我不想再见你。"无力地摆手，我太累了。

"我不要你廉价的原谅！"斗儿瞪着我，目光如芒。

"我嫉妒你。你那么特别，有那么多热爱，把青楼里卖笑的日子，都过得有声有色。你知道自己总会离开，也知道去向何处，你可以不依附任何人，独活于世。而我，只能像藤，像寄生虫，依赖你、纠缠你，才活得下去。没人甘心做寄生虫。我夺走你的心上人，只想告诉你，我不只是一条藤。

"可我没想到，你竟一再饶恕我。这让我不仅嫉妒你的独立，更嫉妒你的善良。我用那么大的恶意待你，以为你会报复，让我看到你的敌意、邪恶、狠毒，可你没有。你只用所谓的侠义处世。你没有错，正因你无错，所以我恨你。你永远高高在上，保护我、原谅我、善待我，却更照出我的龌龊和屈辱。

"你要做女侠，可身处乱世，善、侠、义，不该存在。守节的人零落成泥，叛变的人高爵丰禄，还不能使你清醒吗？更不必说在爱情里，本就没有那么多傲骨侠肠。你信奉一诺千金、忠贞不渝，可在爱情里，多的是喜新厌旧、三心二意。'情'字里，只有人不为己、天诛地灭。

"你知道为什么从我口中喊出的寇女侠那么讽刺吗？因为那就是讽刺。

"你快死了，于我而言无利可图，我也无须再扮可怜。

"寇白门，你不过是个蠢人。"

斗儿句句铿锵。相识十余载，我竟不知她有如此辩才。

我讲侠义，都可笑。

尾声

没几日，我便赴黄泉了。

未及而立，香消玉殒。

临终前，我反复咀嚼斗儿的话。

宽恕了朱国弼的朝三暮四，他变本加厉，卖我求荣。

赦宥了斗儿卖俏行奸，屡屡救她于水深火热，她却至再至三，夺人所爱，令我蒙羞。

人只能被伤害一次。真正爱你的人，是不会让你受伤的。

了悟太迟。

原以为以德报怨，会换来对方的轸恤，感化彼恶。可人性贪婪，再三原宥就是纵容，以致肆无忌惮。

伤害是会上瘾的。

我的侠肝义胆，到底被他们煎炒烹炸，蚕食、吞噬，茹毛饮血。

黄土盖棺心未死，香丸一缕是芳魂。

归途尽处，晚星将生。

寇白门侠义一世，终不过在墓碑上，留下一行字：

纵死侠骨香，不惭世上英。

孙用蕃（1898—1986），北洋军阀时期国务总理孙宝琦七女儿。交际广泛，赵四、陆小曼等都是她的闺蜜，算是上海名媛中的一位风云人物。年轻时情场失意，染上鸦片；三十六岁时，嫁张廷重，成为张爱玲继母。

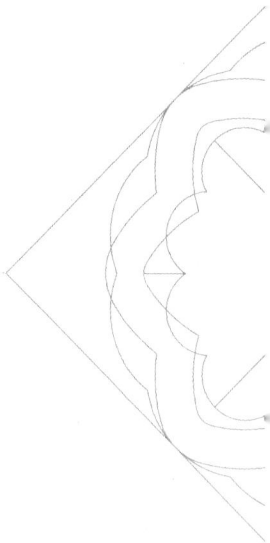

Sun
Yong
Fan

孙
用
蕃

继母忆张爱玲

豆蔻不消心上恨，才情深处人孤独

1

名动上海滩的七小姐有两位，一位是首富盛宣怀家的盛七小姐，另一位是北洋军阀时期的国务总理孙宝琦家的孙七小姐。

我是孙七小姐孙用蕃。

今天是我的大喜之日，三十六岁，凤冠霞帔，嫁与张廷重。

张廷重系张佩纶之子，李鸿章外孙，离了婚，带两个孩子。我嫁进张家，做填房，当后母，原是可想而知的艰难。可我年近不惑，过了临水照花的年纪，挑不起。

应了婚事时我便明白，人生是下象棋，一切决定皆是"卒"，一旦过了河，就回不了头。

> 我父亲要结婚了。我姑姑初次告诉我这消息，是在夏夜的小阳台上。我哭了，因为看过太多的关于后母的小说，万万没想到会应在我身上。我只有一个迫切的感觉：无论如何不能让这件事发生。如果那女人就在眼前，伏在铁栏杆上，我必定把她从阳台上推下去，一了百了。
>
> ——张爱玲《私语》

张家堂屋里挂着一张画像。

一个身段婀娜的女子，卷发，着缀满淡赭色花球的洋装，蔻丹红艳欲滴，眼角里都是风情。

"这是谁？"我问廷重。

"是我妈妈。"传来一个细细的声音，透着不容置疑的尖锐。

我转身，看到一个跟我身高相仿的女孩，豆蔻年纪，面色桀骜而薄寒。

"你是爱玲吧，你妈妈很美。"我和善地微笑。

生母弃她而去，她心里多少是有伤的吧。我想努力做个好后母。

前半生已枯槁瘦瘠，后半生有点温情总是好的。

"你讲好话，便是违心讨好，讲坏话才是真心实意。只是我一眼望穿了你的虚情假意，你不必再费心机了。"她面若寒霜。

"爱玲不要无礼。"廷重严肃地呵斥。

"你女儿真是伶牙俐齿。"我赶忙打圆场。

她斜睨我一眼，跑出去了。

这个叫张爱玲的女孩，有超越年龄的成熟，亦有不留情面的刻薄。女孩冰雪聪明是天赋，若修得知进退的敛静得体，方是福慧双全。张爱玲早慧，福分怕是不多。

新婚第一日，就是一场抢白，以后少不得硝烟四起。

我的娘家孙氏，家族庞大。父亲娶了五位太太，膝下二十四个子女。人多了，父母的目光和亲切自然都分散开来，不偏爱，不伤害。孙家上下和睦安宁，彼此不远不近，少了许多灼人的盛情，倒也没有睚眦必较的凉薄。

我习惯了这样淡如水的相处。

听闻廷重兄妹与同父异母的哥哥打房产官司，我很是惊讶。同是张家人，竟对簿公堂，实在是家丑外扬。廷重败诉后，我常从中劝说调和。我的观念里，家和万事兴，和睦总是首要。

晚饭时，不知怎的，廷重无意间提及此事。

我对廷重讲："孙家兄弟姐妹二十四，从未有过积怨。大家庭人多嘴杂，矛盾难免，少不得要容忍妥协，退一步海阔天空。"

廷重还未言语，爱玲却开了口。

"怕是你趋炎附势，舍不得断了阔大伯这门至亲。"眼眸里都是嘲讽。

我一时语塞，错愕而无奈。

廷重又责备了爱玲。她望向我的时候，如枕戈待旦的斗士，一言一行，都是敌意。

其实我劝和，于己而言，并无半分好处。我只希望息事宁人，安稳度日。

治家方法不同，遵循秩序迥异，家庭氛围亦云泥殊路。孙家尚和，张家却有种内在的紧张。我背负着孙氏的家族烙印，兀地闯入另一个家庭，或许只有屈己适应。

爱玲厌我，或许是对后母的成见与对生母的缅怀。

我仍愿相信，精诚所至，金石为开。

2

日子久了，我看出些许细微的异样。

走在弄堂里，人们总是不停地打量我，不时低语几句。目光如芒，不言不语地凌迟我的高傲。其实，我哪有资本骄傲。年少时头破血流的往事，不过贻人笑柄。

市井小民情意稀薄，搁不下同情怜悯。

我在如花似玉的年纪里，遇见过一个人。

彼年，孙家煊赫，父亲治家有方，子女品行端正，上海滩素有"孙家女，抢着娶"之说。其中，七小姐更是尽人皆知。生得妩媚，善舞，通诗书，与闺中密友陆小曼，均是才貌双全的名媛。

十七岁时，我爱上一个人。

明艳的年华里，痴心纯纯，私订终身，爱得不留余地。

男孩家世清贫，父母反对，私奔未遂，我们相约服毒殉情。

"黄泉下相见，勿违今日言。"我曾是那样痴执，敢把生死轻谈。

可是，说好了跟我同赴黄泉、来生执手的人，却突然变了卦。没几天，娶了别人家的姑娘。

我不清楚，他是畏死，还是见异思迁。

不过，还有什么要紧呢。

金枝玉叶的孙七小姐，忽然间成了一个笑话。

自那以后，我不再跳舞、写诗。

步步生莲的舞姿，浓情蜜意的诗句，都随我的心，下了葬。

我开始吸鸦片。

像某种救赎。恍惚之间，可以忘却一切疼痛和屈辱。

门庭森森、古井无波的豪门望族，这样的故事似奇耻大辱，被反复咀嚼和发酵。往后的十九年，我带着耻辱，绝望地挨着醒来的每分每秒，不再指望婚姻与命运的转机。

嫁给没落王孙张廷重，是我生命里的颠覆。

尽管有太多的不尽如人意，但我挑不起。

我原想，嫁入张家，就可了却前尘，至少可以将我从流言蜚语里解救出来。不想，又落入街头巷尾浑浊的眼光。

辗转反侧的夜晚，我推醒身旁沉睡的廷重。

"我过去的事，想必你是知晓的。你怎么看？"

"过去的事都过去了。"

我彻夜未眠，翻来覆去地思忖，头脑清晰，眼神犀利。廷重却是刚从沉沉睡梦里悠悠转醒，睡眼惺忪，口齿不清。想来现在说什么也是有口无心了，还是明天再问吧。

我无睡意，眼望着东方渐白。

廷重梦呓："莫走，莫走。"

我握着他的手："我在这儿，不会走。"

午饭时，我看两个孩子还在院中，便重提昨晚之问。

"不知是不是我多心，总觉得街里街坊看我的眼光，有点说不清道不明的意味。"

"你多虑了。"廷重的眼神里，掠过一丝闪躲。

"其实我也明白人们的意思，我只是看重你的想法。"

"我的想法？"

"你会不会介怀我以前的事？"我一向认为，夫妻间顶重要的是坦诚，大事小情讲清楚，好过同床异梦。

他像是松了口气一般："我既然娶了你，必是不会介意。只知如今，你是我的妻。"

廷重语气诚挚，是肺腑之语。我消了疑虑，粲然一笑。

门外传来一声冷笑。

"世上竟有人这般自抬身价。不知这是我母亲娘家的弄堂，当真以为自己是女主人。想被人嚼舌根，也要看清楚有没有人知道你是谁。"声音不高，却字字如刀。

"住口！你回房思过，午饭不许吃了。"廷重动了怒，呵责张爱玲。

她倒是一语点醒梦中人。

我自作多情地以为，人们的不屑是针对我不堪回首的过去，哪知是因为张廷重的前妻黄素琼。张爱玲说得对，这左邻右舍谁知道我是谁呢，我不是这里的女主人，黄素琼才是。

难怪廷重眼里有如释重负的神色，原是因我未思及他前妻。而他梦里那句"莫走"，怕也不是说与我的。黄素琼走了，他还巴巴地住在她娘家的弄堂，盼着有朝一日偶遇。他在堂屋里挂她的画像，时时睹画思人。用着旧仆，谈及"从前的少奶奶"，大约也能把回忆煎炒烹炸下酒吧。

我只是一个影子。

张爱玲比我年幼二十二岁，却对人情关系洞若观火。知她父亲的痛处，知我的软肋，知周遭人的闲言心思。

我看着怒不可遏又手足无措的张廷重说："我要搬家。"

3

告别了那条回忆逼仄的弄堂，张家迁入新居。

这座老洋房空旷幽深，不见天日的昏沉。容得下四世同堂，倒不适合一家四口。可是，为了抹去黄素琼的印迹，家是非搬不可的。我遣散家里的老仆人，把前夫人的画像换成密友陆小曼的油画瓶花。

凡此种种，只求心安。

人们说，宁可做姜，不做填房。我以前不懂。续娶的妻，无论怎样挣扎，总是生活在前妻的阴影里，得到是否"类卿"的比较，宠辱亦基于此。如果可以，我宁愿做姜，也要初初相见，便入了心。任以后的人，一颦一笑，都是我的影。

乔迁之后，流年渐远。

往事如何动魄，也该尘归尘、土归土了。

此次张罗搬家，我头一次知晓张家的积蓄和开销。廷重虽出身名门，但家道已显中落，他又生来纨绔，一家人坐吃山空，不是长久之计。于是，我决定亲自打理家中财政。从今往后，张家上下量入为出，克勤克俭。

家中财力虽吃紧，但爱玲正值朝露年华，少女之心，喜漂亮衣饰，不能节制她打扮。我看她与我身材相仿，便将我早年的衣裳装了一整箱送给她。这些衣服是我在孙家做小姐时穿的，面料上好，没穿过多少次。当年家底殷实，衣裳自是换得勤，稍不中意，就扔在一旁。现如今生活拮据，只能先让爱玲将就着穿。

我把箱子交给爱玲时，以为她会有一丝感动或欣喜。

没想到，她望着那个箱子，像是受了天大的委屈，两行清泪夺眶而出，霎时崩溃。她恨恨地瞪我一眼，跑出门去。

出乎意料地，她竟没说话。我以为，这姑娘有什么不悦，总会尖嘴薄舌地讲出来。可是这次，她一言不发。翌日，穿着我的枣红色棉袍，去上学了。

过了很久，我收拾书桌时，无意中看到她在纸上写的一段话：

她只能在继母的统治下生活，拣她穿剩的衣服穿，一件黯红的薄棉袍，碎牛肉的颜色，穿不完地穿，就像浑身都生了陈疮。冬天已经过去了，还留着冻疮的疤——是那样的憎恶与羞耻。

我的心像被洗劫了一番。

她的生母在她四岁时，便弃她不顾，自己出国。我心疼她幼时缺少母爱，竭尽全力望她接纳。我前半生已够凄惶，后半生有个所谓的家，总还愿精心经营。不光是为她，更是为自己。我不想再度沦陷在嘲讽恨意之中，委曲求全。

她把所有善意都曲解成恶毒和残忍，和着她的尖刻，消磨尽了我的耐性和仁慈。

我放弃了让她接纳，也放弃了接纳她。

一个人不必再讨人欢喜，心里竟是如此踏实。如我此刻，停止受累。

反是不思，亦已焉哉。

4

结婚三年，我费尽心思以求张爱玲喜欢，一朝放下，终得解脱。

可是，生活从来都是荆棘密布，苦厄丛生。

正当我卸下负累，打算轻装上阵时，黄素琼回来了。

张爱玲执意要出国留学。留学费用不菲，家道今非昔比，她总是只顾自己，与她母亲别无二致。

黄素琼回国，即是为女儿留学。

黄素琼改了名字，叫黄逸梵。

我将决定权交给廷重。

"对财对人，皆由你定夺。"爱是掌中沙，握紧是徒劳，不如放手。

廷重对张爱玲留洋一事断然拒绝，对旧爱避而不见。

我心头欣慰。

至少廷重知我、惜我。足矣。

"爹爹，妈咪回来了，我们一家人又可以团聚了。"张爱玲娇嗲地挽着廷重说，余光却瞟向了我，不动声色的挑衅。

对于她的喜怒哀乐，我已无动于衷，更不会顾及她的颜面。

我冷口冷面地讲："你母亲离了婚，还要干涉你们的家事。果真难以割舍，当初何必离开？若是放不下，为何不回来？可惜迟了一步，回来也只能做姨太太。"

她没见过我严词厉色的回击，一时愣了神，眼底泛起更深的恶意。

"你知道汉语里什么叫续弦吗？弦断了，怎么可能续得上呢？到底是别人的影子罢了。"

我扬手掴了她一耳光。

所谓了解，就是知道对方心底的痛处，痛在哪里。

她知道，黄素琼是我的痛处。

廷重亦觉女儿过分，重重地打了她，禁足半月。

她看向廷重的时候，满目凄凉的爱意。

我忽然明白了，她恨我，不仅是对后母的偏见和对生母的缅怀，还有对父亲的爱恋。

前者或会因时间的推移与我的养育而淡化，后者却是无论如何也无法改变的。难怪我怎样待她，她只一味恨我。如今，她连她的父亲也一并恨了，众叛亲离。

在这一刹那间，一切都变得非常明晰，下着百叶窗的暗沉沉的餐室，饭已经开上桌了，没有金鱼的金鱼缸，白瓷缸上细细描出橙红的鱼藻。我父亲趿着拖鞋，拍达拍达冲下楼来，揪住我，拳足交加，吼道："你还打人！你打人，我就打你！今天非打死你不可！"我觉得我的头偏到这一边，又偏到那一边，无数次，耳朵也震聋了。我坐在地下，躺在地下了，他还揪住我的头发一阵踢。终于被人拉开。……我暂时被监禁在空房里，我生在里面的这座房屋忽然变成生疏的了，像月光底下的，黑影中现出青白的粉墙，片面的，癫狂的。

Beverly Nichols 有一句诗关于狂人的半明半昧："在你的心中睡着月亮光。"我读到它就想到我们家楼板上的蓝色的月光，那静静的杀机……

——张爱玲《私语》

一九三七年，全国性抗日战争爆发，她便逃到她生母家了。对我们，只恐避之不及。

之后十六年，战乱、饥荒、天灾，我与廷重蜗居在十六平方米的小屋，相伴皓首。

张爱玲成了女作家，报上登她的文章，我都会看。

看她淋漓尽致地控诉那记遗臭万年的耳光和她父亲的毒打软禁，看她轻而易举地把我描述成十恶不赦的继母，读她心里沉沉的委屈。

我早年立誓不动文墨，也不辩驳。

她豆蔻年华种下的恨，颠沛了数十年，到底未能消。

后来，听说她嫁了人，又离了婚，辗转出了国，终是没能修得敛静，慧而福薄。

　　生命是一袭华美的袍，爬满了虱子。
　　　　　　　　　　——张爱玲《天才梦》

我一直觉得，她心里有一汪孤独的深渊，所有才情皆来自这孤独。她不自觉地跟所有人保持距离，抗拒温情，抗拒亲密，让所有关系分崩离析。唯有近旁的人悉数离去，整个世界都是敌意，她才能捍卫心底的孤独，在孤清里妙笔生花。

我们是凡人，难免贪恋人情，沉溺在情字之中难保清醒，写不出孤绝深刻的文字。

张爱玲不是凡人，所以注定悲剧。

才华向来不是源于幸福，而是源于绝望。于腐朽里，以命运的刻骨之殇，生长出尖厉和冷嘲。

谢烨（1958—1993），著名诗人顾城妻子。1983 年，与顾城
结婚，后生下一子，小名木耳。1993 年 10 月 8 日，在新西
兰被丈夫顾城杀害，顾城随即自杀身亡。

Xie
Ye

谢
烨

忆顾城妻子谢烨

一纸深情为子书

又到十月。

已经那么久了，久到忘却仇怨，仅余缅怀。

烨儿常来我梦里做客，还是小时候的样子，梳羊角辫，穿红裙子。醒后我想，梦里的烨儿为什么永远是小女孩模样，长不大。

梦里不知身是客。

我凝望床前的遗像："烨儿，天寒，添衫。"

1

  老树弯下了枝干，月亮打起了手电。一只黑黑的大狗，悄悄离开了河岸。在这恬静的夜晚，我们丢失了时间。

——谢烨

一九七九年，上海，女儿二十一岁，白天上班，晚上去夜校读书。

"妈，我回来了。"

"烨儿，妈做了你最爱吃的茴香饺子，趁热吃。明天回趟承德，看看你爸。"

"好，我跟单位请假。给小纯多盛点儿，他长身体。"

小纯是弟弟，烨儿疼他，我疼烨儿。

烨儿命苦，出生不久赶上"文化大革命"，全家被迫离京，迁到承德。后来形势日益严峻，由于"政治问题"，我与孩子父亲只得离婚，打算带俩孩子赴沪。启程前，烨儿患急性肾炎，我带小纯先抵上海，烨儿独自住在承德医院。住院期间，组织不许她"历史不清白"的父亲陪同，仅周末上午可探视。我想，烨儿当时大约是很辛苦的，十几岁，承受病痛、孤独和旁人犀利的眼光。

个中心酸，她从来不讲。

来到上海，家里清苦。靠我一人微薄的工资，养两个孩子，委实艰难。食堂五分钱的菜，烨儿把肉挑给弟弟，只吃尖椒。弟弟三岁时落下小儿麻痹后遗症，被弄堂里的小孩欺负，雪天在冰上被拖着走。"你们要拖就拖我吧。"烨儿护住弟弟。小纯偷偷地讲给我听，"姐姐不让说。"我欣喜烨儿的担当、善良，又心疼她太过容忍委屈，不易幸福。

日子一天天过。

烨儿出落娉婷，水墨气质天成，像从画里走出来的人。她喜欢诗，喜欢宫商角徵羽，与同时代其他诗人不同，烨儿的诗里有朦胧的音韵美。满腹才情，却无不食人间烟火的孤清，与她相处总令人愉悦。

很多男孩中意她，可她心高。二十一岁仍无交往对象，我不免焦虑。

烨儿浅笑："妈，我不是苛求的人，但内在又那么不能将就。"

她的眼眸很深，是晴空的明澈。那一瞬，我恍然觉得她是不同的，不同于我，也不同于这个时代的大多数女子。她饱读诗书，执着于灵性知音，一向有独立的情感判断。

只是我不知，这对一个女孩而言，是福是祸。

我想对烨儿说，生活终将归于柴米油盐的平淡。话到嘴边，又变成了"看好行李"。汽笛摇曳，火车淡出视线。走出月台，我想，或许我应把那句话说给烨儿听的。

2

早晨，黑夜还要流浪，我们把六弦琴交给他。草在结它的种子，风在摇它的叶子，我们站着，不说话，就十分美好。

——顾城

从承德回来，烨儿有了心事。常闭门写信，默坐出神。隔三岔五有男孩笔迹的信寄到家里，信封上写"小烨亲启，城。"

不久，我见到了这个男孩，顾城。

浓眉、瘦削、冷峻，上衣口袋洇开一片墨水印。他安静地立在门外："我找谢烨。"

那晚，烨儿描绘其相遇相恋的情形，拿出顾城的情信："小烨，我们在火车上相识，你妈妈会说我是坏人吗？"烨儿神采奕奕，我隐隐不安。年轻时迷恋宿命般的相逢，生活却不是诗。若无稳定工作与收入，怎敢谈未来？

烨儿沉湎于回忆："火车到站，他塞给我一张字条，是他的地址。我第二天照着寻去。"

"你去找过他？"

"对。开门的是他母亲，对我说，你就是顾城的维纳斯。"

"女孩子这么主动可不好。"

"妈，我们是新青年，讲究恋爱自由，男女平等。不过他母亲说的一句话可不怎么得体。她说顾城这个年纪就有这等才华，你不要毁了他。"

"我不同意你们在一起。"顾家自视过高，恐怕不会看重烨儿。她才貌俱佳，追求者众，大可选择将她视若珍宝的人家。女人用情过深，是太危险的一件事。

顾城知我不允，搬一个木箱，日夜守在我家门口。我鲜有感动，多是惶恐。我看不清他的心，是深情若刻，还是汹涌的控制欲。连自己都不爱惜的人，怎有能力爱护我的女儿？

可是，烨儿望向他，满目爱怜，情不自禁地走过去，牵起他的手："你冷吗？"

我突然放弃了坚持。

我毕生所愿是烨儿幸福，而顾城是唯一能给予她心动的人。他一蹙眉，烨儿心底就起了澜，颤巍巍，如桃花临水。在他空灵的言语思想间，烨儿变得柔软，收束全部光芒与欲念，炽烈得义无反顾。

除却巫山不是云。

婚礼上，我对顾城说，我从未接纳你，但我接纳烨儿的深情。你不要负她一往情深。

3

> 我说咱们走吧，你说怎么走呢。我摘下一根草茎，在
> 你手心写一个谜。一个永远猜不到的谜，没有谜底。
>
> ——顾城

婚后，烨儿辞了工作，帮顾城整理手稿，集结发表，常随夫出访各国。"金童玉女""神仙眷侣"等评论见诸报端，我心渐安。烨儿常和顾城回家探亲，家庭关系日益亲密。

"烨儿，妈今天包了茴香饺子。"

烨儿漫不经心地应，顾城沉默。气氛淡漠，大约是小两口刚闹了别扭。我夹几个饺子给顾城，他自顾自地埋头吃。

我随意说些家常，顺口对烨儿讲："你这么年轻，整日闲坐在家可不好，出去找个工作吧。"

顾城放下碗筷，一脸厌烦，怒视我，如临大敌。

我不明所以，以为他又神游于自我想象中，也是常态。

"你聪慧灵巧，学什么都一学就会，经济形势又好，很容易找份工。"我话音未落，顾城站起身，抓起碗，连饺子带蘸料泼到我头上。

"女人只有无所事事才显得美，不能工作。"他摔门而去。

错愕、震惊、愤怒、屈辱，五味杂陈。作为长辈，我竟被他兜头浇了一碗饺子，他的残忍和疯狂都是极端的。幽暗复杂的人性如同深渊，意念中的理想主义虚无浪漫，行动上的不由自主躁狂失控，这种强烈的反差与对抗和尘世的紧张，或会导向个人悲剧，更令身畔人如履薄冰。

这个男人心底毫无善意，仅有自我。我劝烨儿离婚，烨儿拒绝。"妈妈，我真心想让人都快活，我从来让人愉快。我过得不错，可以说绝无仅有，痛苦也是绝无仅有的。平静下来，忍耐下去，生命只是一种时间的过程。"烨儿的声音里有疼痛的悲凉和缄默的倔强。

小纯跟我讲，街头巷尾都议论诗人顾城另有新欢，年轻、热烈，叫英儿。他拿出一张小报，"顾城说，'我和英儿才是天生一对，谢烨从不说爱我。她只用包饺子来表达感情，茴香饺子。'"

我心如刀绞。烨儿早年离开父亲，没有习惯男性宠爱，只一味付出。她虔诚地深爱顾城，顾城就是她深黑眼睛里的一世光明。取次百花懒回顾的坚定和经年的起居关顾，竟抵不过新人蜜语。她的委屈怨念，从未向外人道，我心疼她的忍负。在这个时代，女人终究是弱者，何况她嫁与盛名之下的顾城，自然背负深于常人的声望与苦难，与其说是选择，不如说是宿命。

不久，他们飞往新西兰。

顾城要回归人类的孩童时代，烨儿便背井离乡地陪他。临行前，烨儿归家，"我是个好人，应有好报才对。"没承想，这竟是烨儿今生对我说的最后一句话。

4

当我离去的时候，我不相信你能微笑，能用愉快的眼睛去看鸽子，能在那条小路上跳舞，想入非非地设计未来。当我离去的时候，我不相信那盏灯真的灭了，星星和信丢了，你的灵魂一片黑暗。

——谢烨

一九九三年十月，天转寒。我戴着老花镜读烨儿从大洋彼岸寄来的信件。云树遥隔，千万遍，数着时间，挨着想念。

"妈妈，我真担心你的身体。医生说你这个病，受惊易晕倒，你千万保重。我很想你。"

"我很忙，忙书稿，稿费可以帮小纯渡过难关。"

"今早小木耳唱，我的奶瓶在哪里，3 5 6 | 5——我小时候也喜欢唱。木耳喜欢停在岸边的船，总让我带他去看，但他中文很差，只会说，妈妈 boat……"

我双眼蒙了雾，为日思夜想的烨儿和未曾谋面的小外孙。木耳喜欢船，因为他想走，想离开荒无人烟的激流岛，离开形容枯槁的岛上时光。烨儿何尝不想。但她走不了，从她对顾城说"余生，请你指教"的那刻，她就把顾城的梦想和命运背负在自己肩上，画地为牢。

幸福已是奢望，我只愿她平安。

电话突然响了，我放下信，去接电话。

"妈——"小纯哭着喊，我心里一凉。

"出什么事了？"

小纯只是哭："妈，我姐……"

"你姐怎么了？你快讲，顶天是死了人！"我慌不择言。

小纯声音低低的："姐没了。"

天地一霎时黑云压城，隐约有小纯的声音，远似天籁。寒意凛冽，荒芜无垠，千里孤坟，无处话凄凉。

5

我相信等待，哪怕是漫长的、黑暗的，哪怕是在坟墓中。只要那条小路活着，落满白色和紫色的丁香，你就会向我走来，就会说：我爱。

——谢烨

又到十月。

十年生死两茫茫，不思量，自难忘。烨儿离世，已二十年有余。我隐居在南方一个小庵，青灯古佛，晨钟暮鼓。

得知噩耗那日，我心脏病发休克，后在医院度过三年，吊针与思念为伴。烨儿父亲从承德来照料我，带来烨儿的信："如果顾城是个普通人，也许我不会这么累。他的理想与自私是并存的。他一直抱着死念，我的路或许也是死路一条。"两个皓首老人抱头痛哭。前半生被"文化大革命"戕夷，后半生为"白发人送黑发人"肝肠寸断。

出院后，我离开上海。跨了半个中国，叩响庵门。心里仇怨太深，皈依无门，只带发隐居。听闻小木耳由顾家抚养，不通中文，未谙父辈恩怨，是好事。

我曾恨顾城。他太善摆弄文字，捕获芳心容易，置人死地不难。他移情英儿并著书，名曰"忏悔"，却用浓词艳句刺痛烨儿，也毁了英儿。英儿离开激流岛，保全性命，却留一世责难，同为女人，可悲可怜。

烨儿用尽满世柔情，温暖他、陪伴他、呵护他，却被他砍杀。顾城寥寥几笔的遗书，矛头直指烨儿见异思迁。众人皆知顾城移情别恋在先，他有何立场控诉烨儿弃他而去？他禁锢烨儿，不许她见小木耳，歇斯底里地虐待她，在烨儿的深情里肆无忌惮。人们将他想得过于纤细，近乎孱弱，事实却未必。蜕下敏感脆弱的蝉衣，他有一重甲，坚硬到可粉碎肉身，并令他人陪葬。世人都说顾城是个孩子，可他心安理得地让我的孩子殉葬，永世不可饶恕。

想念得太狠了，就做梦。烨儿穿红裙子，梳羊角辫。我问："烨儿，你怎么长不大呢？"烨儿不说话，只是看着我笑，眼眸是晴空的明澈。"走了也好，不然总担心你会走，现在不担心了。"

醒来，心里落空，去堂前诵经。

　　流水无沙，前世搁浅，上游风化。经由堤坝，斜阳返照，遇上一朵落花，相拥归家。
　　水点蒸发，影化成云，花瓣零落，下游生根，淡淡交会，终无印。流水分岔，七情渐化，心境已如明镜。
　　流水惜花，不过送运，劫数宿命，前尘已定。缘浅五月落霞，如是因果。放下业障，无负此生。

青灯跳动，黄卷轻翻，我恍然顿悟。

尾声

"如今你已度了嗔恨心和爱别离苦，方得皈依。"
师太为我削发。长发落地，犹如别去万千离苦。
从火车上的邂逅，到浪迹海角天涯，相守十四载，烨儿用女人的奋不顾身和坚韧容忍，成全顾城，也成全自己。她的生命短暂却浓烈，聚时竭力，散时无悔。

我接纳烨儿的深情，亦接纳烨儿的命运。宿命注定前路，大抵是几世轮回的因果。我相信顾城也背负着己身的债与劫，行走世间。

六尘皆苦，前缘已定。流水落花，相伴仅此一程，别后无负此生。

佛曰：勘破，放下，自在。

今夜梦中，又见烨儿。不同以往，她二十一岁的模样，着一袭白裙，长发垂肩。遥遥地站在月台，对身旁桀骜清冷的顾城说：

"情愿用我一世才情，换君一见倾心。"

唐琬（约 1130—1156），字蕙仙，越州山阴（今浙江绍兴）人。自幼文静灵秀，才华横溢。陆游的第一任妻子，与陆游两情相悦，后因陆母偏见而被拆散。多年后，在沈园巧遇陆游，写下著名的《钗头凤》(世情薄)，不久便抑郁而终。

Tang
Wan

唐
琬

忆陆游弃妻唐琬

一世痴情，未得卿心

赵士程，南宋时期越州山阴人，皇族宗室。

陆游休妻唐琬后，娶唐琬为妻。

一世痴情，未得卿心。

诗云：千古伤心赵士程。

琬儿辞世，已是十年踪迹，十年心。

又逢忌日。

坟前草木青青，我携一壶酒，和琬儿聚聚。

东方泛白。

1

想来世间相遇，大抵不过前世久别，今生重聚。

前世因，结今生果。

二十年前，清心庵，我遇见你。素衣云鬓，你长跪佛前，虔心上香。我立在殿外，遥遥相望。我不知你所求何事，只知你心事浓重。

突然，佛像后窜出一粗鄙男子，扑向你，如狼似虎。你惊恐尖叫，殿内尼姑不但不出手相救，反而起身关门。我胸中盛怒，一脚踢开殿门，破门而入，将歹人踹翻在地，转而扶你。

歹人乘机逃脱，尼姑亦跌跌撞撞地跑了出去。

"姑娘可还好？"

你惊魂未定，口不能言。

我退后躬身："在下赵士程，方才急于相救，失礼了。"抬眼望你，容颜倾城，弱柳扶风，明艳得不可方物。

疑是惊鸿照影来。

你略一躬身，算是施礼，也不讲话，便匆匆离去。留我孑然在殿内，心头云涌风起。

缘，是千回百转的刹那惊心。

遇见你的那一霎，我望见了余生。

2

清心庵一别，已数月有余。常忆起那位素衣女子，不知天涯何处。相思如麻。

一日，友人陆游邀我一聚，我欣然前往。

陆游是同郡才子，久负盛名，与我交情甚笃。他满目愁云，酒过三巡，对我诉苦。

陆游娇妻唐琬，与他青梅竹马，两小无猜，早年立有婚约。

及待成年，两人结为连理、情投意合，一对璧人。可惜成婚三载，仍无子嗣。陆母素来信奉"女子无才便是德"，本就深深嫌恶这位儿媳，加之"不孝有三，无后为大"，更添怨念。

二人情深，母亲却认为，陆游深堕温柔乡，不思功名，屡屡逼他休妻。

素闻陆游之妻才情斐然，知书达礼。陆家礼数严苛，男子造访，不许女眷相迎，故我从未见过唐琬。

我只了解陆游。他生性懦弱，仅有的风骨，都付与诗词了。

他问我何计可施，我劝他与母亲陈情，他不语。

"一介女子，若成休妻弃妇，怎在这风雨世间独活？汝妻之贞洁、名分、情意，皆托付于你。孝敬公婆，服侍郎君，如今毫无差池，将其逐回家门，其将以何面目见亲朋？你又怎忍见其遭人唾弃？"我拍拍陆游的肩膀，"夫妻一场，除却情分，还有仁义。一纸休书，无异于背信弃义，你要将她置之何地？"

他一口饮尽杯中酒，愁眉深锁。

生为男儿，无愧天地，无违堂上，无负女人，难！

人各有志。

3

陆游终是未敢违背母命，甚至不置一词，便休了唐琬。

满城风雨，甚嚣尘上。无人不晓，才子陆游之妻，因不能生育，被逐出夫家。唐氏蒙羞。

陆游另筑别院，将唐琬金屋藏娇，不过是掩耳盗铃罢了。

我劝他道："你已休了唐氏，何苦如此暗度陈仓，使汝妻名节尽毁？从前，她是陆府夫人，理应与你耳鬓厮磨，朝朝暮暮。如今，她已是休妻，你怎忍心……"

责难之词，我不忍说出口。我其实想问陆游，他怎忍心无名无分地继续霸占唐琬。

她的身子、名誉、婚姻，在他心里又值几两？

我不识唐琬，只觉她可怜。

他生莫作有情痴，人间无处著相思。

果然，不久后陆母便发觉了端倪，为使陆游彻底死心断念，便托人向王氏提亲。

王氏豆蔻年纪，不通诗书，恰合陆母心意。父母之命，媒妁之言，不日便促成婚事。

成婚前夕，陆游登门寻我，拿一柄金钗，钗头雕凤，让我送去唐琬院落。

我推脱："男女授受不亲，孤男寡女，怎能相会？"

陆游言："我此生负她，无颜再见。这柄凤头钗，是我们当初情定的信物，她见此钗，便知情断不复返。盼她后半生，嫁个好人家。"

我冷笑："嫁个好人家？"

陆游长叹一声，留下金钗，走了。

4

陆游的大喜之日，爆竹声声，笙歌连城，银灯燕舞日初长。

向来只闻新人笑。

我踱步到唐琬独居的小院，芳草萋萋，门可罗雀。

丫鬟启门，我说明来意，走入堂屋。空空寂寂，闻言竟有回声摇曳。

里屋缓缓走出一位女子，素衣素颜，人比黄花瘦。

"是你！"我大惊失色。

竟是清心庵偶遇的素衣女子，是我牵肠反侧的所谓伊人。

你，竟是唐琬。

前世因，得今生果。思慕，是一场望梅止渴。

你盈盈下拜："见过恩公。"

"姑娘快快请起。"

丫鬟斟茶，我与你相对而坐，各怀千秋。

"陆游与我有旧，托我给姑娘带一柄金钗。"我拿出凤头钗，放在桌上。

"砰！"唐琬见此钗，失手打翻茶盏，破碎支离，一地凉意。

两行清泪滚滚，我见犹怜。

屋外，笑语欢声，是陆游迎亲的队伍。

墙外佳人笑。

你托言身体不适，向我道谢，便回屋了，对丫鬟讲："送恩公回府。"

我不便久留，怅然而去。

丫鬟相送，我正打算借此机会问询你的近况，她也不推辞。

"小姐曾讲，在清心庵受恩公庇护，从恶人魔掌逃脱，大恩铭记于心。"丫鬟讲。

"你家小姐所求何事，为何独自前行？"

"小姐求子心切，常去清心庵礼拜。某天，庵里尼姑说，若是虔诚礼佛，须只身前去，小姐便不让我去。想来那姑子是与歹人串通了，一个谋财，一个劫色。多亏恩公出手相救，小姐才免于一难。"

"你们离开陆府这些时日，小姐还好吗？"

"小姐心性高洁，蒙羞背弃，娘家回不去，夫家不可留。一介弱女子，在这世道人言中，该如何保全？怕是如人饮水，冷暖自知。"

我心，像刀尖滚过。恍然间，我做出一个决定。

"士程明日再来拜访。"我向丫鬟许诺。

丫鬟道："小姐郁郁寡欢，近来陆游新婚，更是失神落魄。午夜梦呓，常言'务观负我，何日解脱'，恩公若能常来，或可解小姐心结。"

"糟!"我急忙折返，奔回小院。

今日，陆游新娶佳人，归还信物，恐怕已击溃你的最后一道心堤。你支开丫鬟，送我回府，或是决意自得"解脱"！

我顾不得敲门，闯入堂屋，你站于桌上，白绫悬梁，眼看要寻短见。

我冲上前，一把将你揽下来，紧紧拥在怀里。

纤薄如纸，目如寒冰，绝望如渊壑。

"卿何故如此!"我仰天长啸，不禁潸然。

许久，你低语："女子无洁、无子、无颜，如何苟活于世。"

你言语间略无波澜，像陈述旁人疼痛，事不关己。

我心疼。

在我心里，你永远是那个在佛前祈愿的素衣少女，干净、雅致，不染人间烟火。

十年，百年，此生不换。

"琬儿，我娶你。"

赵士程，皇亲贵胄，官职加身，至今未娶，大约算个"好人家"。

琬儿，旁人负你的，我来还。

5

时光如水，惊涛拍岸，我们的婚姻已走过十个年头。

"琬儿，春色满城，共游沈园可好？"我提议道。

你巧笑嫣然，牵我的手："深合吾意。"

十年，时光把陪伴熬成良药。你我执手，涉过岁月的深寒。

苦已尽，甘将来。只是我未曾想，沈园一游，竟夺去你性命！

回廊一转，你遇见他——当年爱你负你、伤你弃你的陆游。

我们都不再年少，鬓发染霜雪，心头落尘埃。

你的手，在我手心猝然抽了回去。我心里一涩，凝望你，你的眉眼竟模糊开来，像镜花水月。或许，我要失去你了。

"你们叙叙旧吧，我去湖畔走走。"我黯然转身，像知礼的宾客，告别一场不属于我的筵席。

十年一场黄粱梦。

想你我成婚之初，族人斥我辱没门楣，我带着你，被迫迁居他处。一推开门，飞短流长扑面，羞辱、嘲讽，不堪入耳。

"皇室宗亲赵士程，娶了陆家下堂妇。"

赵士程一世清高，活在俗人如刀的舌尖上，低到尘埃里。

陆游无力护你，为保全自己，不惜将你推入泥沼。我怜你柔弱，独自扛起满世恶语相加。你既嫁了我，我赵士程绝不允许旁人欺你。你受过的委屈，我不许你再受。你挨过的苦痛，我不许你再挨。

你是我的妻。

措手不及的重逢，打碎如履薄冰的幸福。

如今，陆母驾鹤西归，你若与陆游再续前缘，已无人阻碍。你，将何去何从？

"夫君，饭菜快凉了，我们去那边凉亭吃饭吧。"你站在我身后，端着出门时备好的酒食盒，望了望湖畔小亭。

我顿生欢喜，像赢了全无胜券的逐鹿。在陆游与我之间，你选择了我。

漫天浩劫中，你终是爱我的。

长情，是一场将心比心。

我什么也没说，只是握紧了你的手。这世上，原本就没有什么能使你我分离，除了你的心。世间最美的刹那，是虚惊一场和失而复得。

饭罢，漫步沈园，远处墙壁上，落了几行新字，龙飞凤舞，煞是好看。

我指给你看："那边墙头的几行字，笔锋遒劲，不知写了什么，我们同去看看。"

钗头凤

红酥手，黄縢酒。满城春色宫墙柳。东风恶，欢情薄。

一怀愁绪，几年离索。错，错，错。

　　春如旧，人空瘦。泪痕红浥鲛绡透。桃花落，闲池阁。

山盟虽在，锦书难托。莫，莫，莫！

犹如作茧自缚。你僵在原地，泪水一点一点涌上来，终于决堤。

"你回家去，我一个人走走。"你轻轻地吐出这句话，不容置疑，如释重负。

我什么也没说，独自归家。你、我、陆游，三个人，我从来都是默默离场的那个。

你来，或者走，我欢喜，又或悲哀，三缄其口。

十年，不得汝心。

人非草木。

爱是凌迟。

6

那晚，你凄然道："生如灯花，恨不相逢未烬时。"

自此，一病不起。沈园壁上，多了一阕词。

钗头凤

世情薄，人情恶。雨送黄昏花易落。晓风干，泪痕残。

欲笺心事，独语斜阑。难，难，难！

人成各，今非昨。病魂常似秋千索。角声寒，夜阑珊。

怕人寻问，咽泪装欢。瞒，瞒，瞒！

——琬

你说，怕人寻问，咽泪装欢。

我用十年光阴，换来一阕自欺欺人。对我，是咽泪装欢。

"琬儿，等你病好，去找陆游吧，我成全你们。"我紧咬嘴唇，唯恐垂泪。

"君负妾者，妾未负君。无负妾者，妾又负君。"你憔悴枯槁，气若游丝。

"别这样讲。娶你为妻，是士程此生最大之幸。"

"士程，对不起……"

曾见凤头钗，几欲自缢。今见《钗头凤》，魂断黄泉。

士程何辜，人亡家破？

情深不寿。

你走之后，我终身未娶。

一生一世仅一妻，唐琬。

爱入膏肓。

前世因，无今生果。

尾声

你的十年忌，我提一壶酒，来你坟前。从破晓，守到迟暮。

对你，对陆游，若说从未含怨，是不可能的。只是对你，我恨不起来。

思及"琬儿"二字，只有心疼。

佛前求子的你，小院失魂的你，沈园抉择的你，病榻哀戚的你，是我今生最爱的女子。永远素净、明媚，不染纤尘。

上苍厚我，才许你姻缘尘断，与我走过十年。相逢不易，相守更难。

爱过，是缘，是福，是慈悲。

每年忌日，我都在你的墓前，心里淋过疾风苦雨，跋涉万水千山，只是默然洒一壶酒，不发一言。

在你面前，我总沉默，沉默得不合时宜。

今天是你离开人间的第十个年头，我想和你说说话。思来想去，我仅有一句，想对你说："琬儿，你心上那人，很好。"

未几，赵士程逝世。

后人赋诗：

留诗剑南歌放翁，沈园遗恨误相逢。
香消玉殒魂何在，千古伤心赵士程。

后记

初春，我写作逢着瓶颈。大约是自定标准过高，笔下文字悦人容易，悦己难。就像中学时候，永远拿校文科状元，却不快乐，总想更少错题一点，更多领先一点。实现了，再刷新目标，未见喜悦。

很多年来，保持这样的心性，痛苦是进步之源。高考一败涂地，进了一所普通211，外表淡然，暗地咬牙，攒着劲得了香港中文大学硕士直录的消息。亲友惊叹，我反倒得之坦然。我值得。

凛冽的、桀骜的、野心繁盛不服输的我。

彼时，家里不太平。老人到了体弱多病的年纪，输液成了家常便饭，动辄惊心。母亲更年期，不免生出许多闲气，旁的人大抵过后就忘了，只剩她自己不痛快。发信息给我，常是嗔怨。我早熟，多年来承担母亲的情绪，倾听、背负、决断，以为己任。在一场又一场阴雨濡湿牵缠的回南天里，咀嚼她的长吁短叹。

"跟我走，去三亚。"我复她。

打点好两人全部行程的机票、酒店、包车和攻略，我轻装上路。母亲在北，我在南，各自抵达。经年独自背包旅行，尚极简，在三亚凤凰机场，望见瘦瘦小小的母亲，拎着鼓鼓囊囊的大旅行箱，愠恼得不知所措。

我知道箱子里多是备给我的。无用，有心。

翌日，游南山，进圆通宝殿，母亲虔诚地双手合十，掌心微空，向所有佑人"功成名就"的菩萨深深鞠躬，盼能许我一个好前程。

熟悉我的读者都知道，我定义的"功成名就"无非有二：一是开场"锣鼓喧天鞭炮齐鸣红旗招展人山人海"的签售会，一场就好；二是攀上百度词条，"青年作家李梦霁"。

可是，朱安之后，写作变得艰难。

从前常写旅行随笔、治愈鸡汤，用以对抗我在这个世上所有的格格不入和郁郁寡欢，写作是淋漓的宣释。然而，当我下笔写无人问津的鲁迅之妻，我感到前所未有的沉重。历史裂痕深处，大人物身边的小人物被长久忽略，她们是活生生的存在，终其一生陪伴那些光芒熠熠的伟人，却未留雪泥鸿爪。我突然生出一种渴望，渴望靠近她们，思念她们的疼痛、悲凉和殉葬。与此相比，在渺无际涯的人间悲喜里，我曾大过天的爱憎哀怒，竟无足轻重，不必挂怀。旁观者清，我很感念书中的女子，是她们的故事，让我愈来愈清醒、冷静和释然，变成如今宠辱不惊的模样。

可是，她们也让我痛苦。那些深重的生活，裹挟着泥沙与刀剑，扑面而来，狂啸而过。我想做一个看客，却根本无法不为所动。深宵人静，瘦尽灯花，字字句句似乎并非出于我手，而是书中人自己讲话。我听得懂那些哭笑。晨起重读，竟不知那是我写下的语句，许是所谓灵感。

我开始发现，写作者不是一个创造者，而是一个讲述人。文字不仅是自我表达的途径，还能承载更多的力量和悲悯。

此时，举步维艰。就作文而言，我不想曲解书中女子的苦难，只能一边埋首古书典籍，尽观其生平轶事，一边苦等其"开口说话"。写作的时光成了长镜头，漫长、缓慢、苦涩。就做人而言，我一遍遍感同身受着书中人的薄凉身世。她们是一群被时代辜负的女人，而我沉浸其悲，性格也悄然改变。突如其来的乖戾、敌意、忧郁和紧张，让我越来越疏离。

我写胡蝶，胡蝶演戏是依靠演技，而阮玲玉是化身为角色，行走在剧本与人生之间，物我两忘。我大约是后者。写谢烨母亲出家为尼，便义无反顾地跑进理发店，削尽满头长发，只为懂得槛外人了却万千烦恼丝后最真实的感受。我没能有幸成为中文系的学生，写故事不懂技巧，只会全然临其境、感其情。

理解是最大的善举。

我不知道这对我的成长是否有伤害，只知写完全书时，我期待的是邂逅真正读懂这些泣血词句的读者，而非所谓的"功成名就"。

向来心是看客心，奈何人是剧中人。

离开三亚那天，母亲归家，我回学校，她先飞。我办好托运后去送她，她却说排错了队，火急火燎地赶去另一柜台。过安检时，广播已催促登机，母亲只得走紧急通道。我时间尚早，在长长的队尾目送她手忙脚乱地安检，又被喊回去，重新掏出包里的什么东西。安检结束，母亲向登机口跑去，也没顾得上回头看我一眼。

我忽然觉得母亲老了。

十岁的时候，第一次坐飞机，去大理，我着急去洗手间，却听到"飞机开始降落，洗手间暂停使用"，母亲牵着我向空姐说情，那时的我胆怯而躲闪，只会哭。一恍惚，十多年，我变成了果敢而刚毅的女子，母亲却连柜台都找不对了。像是我偷走了她所有的能耐和智慧，她只剩下唯唯诺诺的依赖，一如当年的我。

算着时间，母亲应已登机，但我还是走向她的登机口碰运气，一眼看见她坐在摆渡车里，埋头发短信，应是在给我写临别赠言，毕竟没来得及好好告别。家在千里之外，下次见面遥遥不知几时。

我发"右边"，母亲茫茫然转过脸，看见我，眼泪唰地就下来。我想冲进去递给她一包纸巾，她没有随身带纸巾的习惯，登机口穿制服的女生把我拦下来，说没见过有人要硬闯登机口。我挺不好意思地向母亲笑着挥挥手，母亲的眼泪愈发汹涌，以至于不能再好好看我，摆渡车就开走了。车一转弯，我的眼泪唰地下来了。

我不是多愁善感的人，那些难得的黯然、纠结与软弱，一部分给了文字，另一部分给了母亲。大学四年，小打小闹赚了些钱。前前后后兼职英文老师、庆典主持、平面模特、私人语言教练、助理治疗师……少数靠才华，多数靠辛苦，算是半独立。生活不铺张，存下的钱全用来旅行，几乎走遍中国。大山大水的风景看透，高远之欲跳脱出市井思维。穿行于一座又一座城市，见证了一场又一场离别，最大的改变是不执着于聚散。天下筵席皆有尽，聚时竭力，散时无悔。

可母亲和文字是我的软肋，是我讲不出再见的执念。

幼时读书，遇见喜欢的故事，最末几页都放慢来读，不忍终止。如今做了写书的人，明白读者与作者的缘分总归要走完，尽管我写拖拖拉拉的后记，想延长你我之间的相遇，终是要停笔。

那我们下一本书再会。

李梦霁

丙申年春于三亚